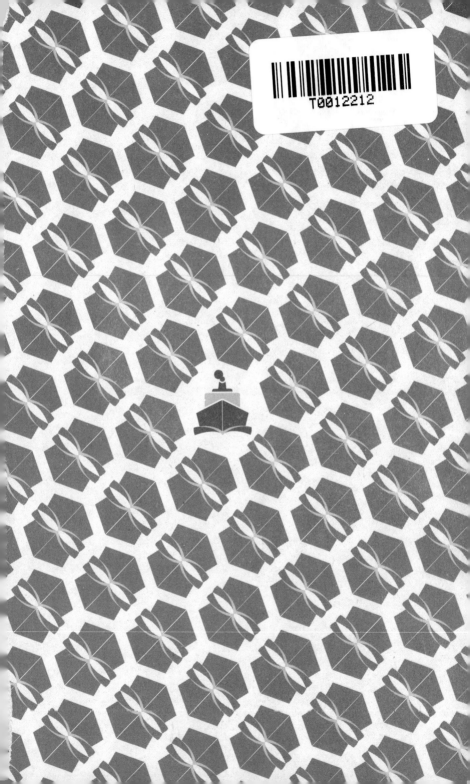

TRES CUENTOS

Nikolai Gógol

Buque de letras

Tres cuentos
Nikolai Gógol

© Genoveva Saavedra | | diseño de colección y portada
© Imágenes de portada: iStock.com | | NSA Digital
Archive (abrigo) | | AdamRadosavljevic (marco).

D.R. © Selector S.A. de C.V. 2022
Doctor Erazo 120, Col. Doctores,
C.P. 06720, México D.F.

ISBN: 978-607-453-769-7

Primera edición: marzo de 2022

Buque de **Letras**® es una marca registrada de

SÉLECTOR

Impreso en México
Printed in Mexico

Índice

EL CAPOTE

En el departamento ministerial de..., pero creo que será preferible no nombrarlo, porque no hay gente más susceptible que los empleados de esta clase de departamentos, los oficiales, los cancilleres..., en una palabra, todos los funcionarios que componen la burocracia. Y ahora, dicho esto, muy bien pudiera suceder que cualquier ciudadano honorable se sintiera ofendido al suponer que en su persona se hacía una afrenta a toda la sociedad de que forma parte. Se dice que hace poco un capitán de policía, no recuerdo en qué ciudad, presentó un informe en el que manifestaba claramente que se burlaban los decretos imperiales y que incluso el honorable título de capitán de policía se llegaba a pronunciar con desprecio. Y en prueba de ello mandaba un informe voluminoso de cierta novela romántica, en la que, a cada diez páginas, aparecía un capitán de policía, y a veces, y esto es lo grave, en completo estado de embriaguez. Y por eso, para evitar toda clase de disgustos, llamaremos sencillamente *un departamento* al departamento de que hablemos aquí.

Pues bien: en cierto departamento ministerial trabajaba un funcionario, de quien apenas si se puede decir que tenía algo de particular. Era bajo de estatura, algo picado de viruelas, un tanto pelirrojo y también algo corto de vista, con una pequeña calvicie en la frente, las mejillas llenas de arrugas y el rostro pálido, como el de las personas que padecen de almorranas...

¡Qué se le va a hacer! La culpa la tenía el clima petersburgués.

En cuanto al grado —ya que entre nosotros es la primera cosa que sale a colación—, nuestro hombre era lo que llaman un eterno consejero titular, de los que, como es sabido, se han mofado y chanceado diversos escritores que tienen la *laudable* costumbre de atacar a los que no pueden defenderse. El apellido del funcionario en cuestión era Bachmachkin, y ya por el mismo se ve claramente que deriva de la palabra zapato; pero cómo, cuándo y de qué forma, nadie lo sabe. El padre, el abuelo y hasta el cuñado de nuestro funcionario y todos los Bachmachkin llevaron siempre botas, a las que mandaban poner suelas sólo tres veces al año. Nuestro hombre se llamaba Akakiy Akakievich. Quizá al lector le parezca este nombre un tanto raro y rebuscado, pero puedo asegurarle que no lo buscaron adrede, sino que las circunstancias mismas hicieron imposible darle otro, pues el hecho ocurrió como sigue:

Akakiy Akakievich nació, si mal no se recuerda, en la noche del veintidós al veintitrés de marzo. Su difunta madre, buena mujer y esposa también de otro funcionario, dispuso todo lo necesario, como era natural, para que el niño fuera bautizado. La madre guardaba aún cama, la cual estaba situada enfrente de la puerta, y a la derecha se hallaba el padrino, Iván Ivanovich Erochkin, hombre excelente, jefe de oficina en el Senado, y la madrina, Arina Semenovna Belobriuchkova, esposa de un oficial de la policía y mujer de virtudes extraordinarias.

Dieron a elegir a la parturienta entre tres nombres:

Mokkia, Sossia y el del mártir Josdasat. "No —dijo para sí la enferma—. ¡Vaya unos nombres! ¡No!» Para complacerla, pasaron la hoja del almanaque, en la que se leían otros tres nombres: Trifiliy, Dula y Varajasiy.

—¡Pero todo esto parece un verdadero castigo! —exclamó la madre—. ¡Qué nombres! ¡Jamás he oído cosa semejante! Si por lo menos fuese Varadat o Varuj; pero ¡Trifiliy o Varajasiy!

Volvieron otra hoja del almanaque y se encontraron los nombres de Pavsikajiy y Vajticiy.

—Bueno; ya veo —dijo la anciana madre— que éste ha de ser su destino. Pues bien: entonces, será mejor que se llame como su padre. Akakiy se llama el padre; que el hijo se llame también Akakiy.

Y así se formó el nombre de Akakiy Akakievich. El niño fue bautizado. Durante el acto sacramental lloró e hizo tales muecas, cual si presintiera que había de ser consejero titular. Y así fue como sucedieron las cosas. Hemos citado estos hechos con objeto de que el lector se convenza de que todo tenía que suceder así y que habría sido imposible darle otro nombre.

Cuándo y en qué época entró en el departamento ministerial y quién le colocó allí, nadie podría decirlo. Cuantos directores y jefes pasaron le habían visto siempre en el mismo sitio, en idéntica postura, con la misma categoría de copista; de modo que se podía creer que había nacido así en este mundo, completamente formado con uniforme y la serie de calvas sobre la frente.

En el departamento nadie le demostraba el menor respeto. Los ordenanzas no sólo no se movían de su sitio cuando él pasaba, sino que ni siquiera le miraban, como si se tratara sólo de una mosca que pasara volando por la sala de espera. Sus superiores le trataban con cierta frialdad despótica. Los ayudantes del jefe de oficina le ponían los montones de papeles debajo de las narices, sin decirle siquiera: "copie esto", o "aquí tiene un asunto bonito e interesante", o algo por el estilo, como corresponde a empleados con buenos modales. Y él los cogía, mirando tan sólo a los papeles, sin fijarse en quién los ponía delante de él, ni si tenía derecho a ello. Los tomaba y se ponía en el acto a copiarlos.

Los empleados jóvenes se mofaban y chanceaban de él con todo el ingenio de que es capaz un cancillerista —si es que al referirse a ellos se puede hablar de ingenio—, contando en su presencia toda clase de historias inventadas sobre él y su patrona, una anciana de setenta años. Decían que ésta le pegaba y preguntaban cuándo iba a casarse con ella, y le tiraban sobre la cabeza papelitos, diciéndole que se trataba de copos de nieve. Pero a todo esto, Akakiy Akakievich no replicaba nada, como si se encontrara allí solo. Ni siquiera ejercía influencia en su ocupación, y a pesar de que le daban la lata de esta manera, no cometía ni un solo error en su escritura. Sólo cuando la broma resultaba demasiado insoportable, cuando le daban algún golpe en el brazo, impidiéndole seguir trabajando, pronunciaba estas palabras:

—¡Dejadme! ¿Por qué me ofendéis?

Había algo extraño en estas palabras y en el tono de voz con que las pronunciaba. En ellas aparecía algo que inclinaba a la compasión. Y así sucedió en cierta ocasión: un joven que acababa de conseguir empleo en la oficina y que, siguiendo el ejemplo de los demás, iba a burlarse de Akakiy, se quedó cortado, cual si le hubieran dado una puñalada en el corazón, y desde entonces pareció que todo había cambiado ante él y lo vio todo bajo otro aspecto. Una fuerza sobrenatural le impulsó a separarse de sus compañeros, a quienes había tomado por personas educadas y como es debido. Y aun mucho más tarde, en los momentos de mayor regocijo, se le aparecía la figura de aquel diminuto empleado con la calva sobre la frente, y oía sus palabras insinuantes: "¡Dejadme! ¿Por qué me ofendéis?" Y simultáneamente con estas palabras resonaban otras: "¡Soy tu hermano!" El pobre infeliz se tapaba la cara con las manos, y más de una vez, en el curso de su vida, se estremeció al ver cuánta inhumanidad hay en el hombre y cuánta dureza y grosería encubren los modales de una supuesta educación, selecta y esmerada. Y, ¡Dios mío!, hasta en las personas que pasaban por nobles y honradas...

Difícilmente se encontraría un hombre que viviera cumpliendo tan celosamente con sus deberes... y, ¡es poco decir!, que trabajara con tanta afición y esmero. Allí, copiando documentos, se abría ante él un mundo más pintoresco y placentero. En su cara se reflejaba el gozo que experimentaba. Algunas letras eran sus favoritas, y cuando daba con ellas estaba como fuera de sí: sonreía, parpadeaba y se ayudaba con los labios, de manera que resultaba hasta posible leer en su rostro cada letra que trazaba su pluma.

Si le hubieran dado una recompensa a su celo, tal vez, con gran asombro por su parte, hubiera conseguido ser ya consejero de Estado. Pero, como decían sus compañeros bromistas, en vez de una condecoración de ojal, tenía hemorroides en los riñones. Por otra parte, no se puede afirmar que no se le hiciera ningún caso. En cierta ocasión, un director, hombre bondadoso, deseando recompensarle por sus largos servicios, ordenó que le diesen un trabajo de mayor importancia que el suyo, que consistía en copiar simples documentos. Se le encargó que redactara, a base de un expediente, un informe que había de ser elevado a otro departamento. Su trabajo consistía sólo en cambiar el título y sustituir el pronombre de primera persona por el de tercera. Esto le dio tanto trabajo, que, todo sudoroso, no hacía más que pasarse la mano por la frente, hasta que por fin acabó por exclamar:

—No; será mejor que me dé a copiar algo, como hacía antes.

Y desde entonces le dejaron para siempre de copista. Fuera de estas copias, parecía que en el mundo no existía nada para él. Nunca pensaba en su traje. Su uniforme no era verde, sino que había adquirido un color de harina que tiraba a rojizo. Llevaba un cuello estrecho y bajo, y a pesar de que tenía el cuello corto, éste sobresalía mucho y parecía exageradamente largo, como el de los gatos de yeso que mueven la cabeza y que llevan colgando, por docenas, los artesanos.

Y siempre se le quedaba algo pegado al traje, bien un poco de heno, o bien un hilo. Además, tenía la mala suerte, la desgracia, de que al pasar siempre por debajo de las ventanas lo hacía en el preciso momento en que arrojaban basuras a la calle. Y por eso, en todo momento, llevaba en el sombrero alguna cáscara de melón o de sandía o cosa parecida. Ni una sola vez en la vida prestó atención a lo que ocurría diariamente en las calles, cosa que no dejaba de advertir su colega, el joven funcionario, a quien, aguzando de modo especial su mirada, penetrante y atrevida, no se le escapaba nada de cuanto pasara por la acera de enfrente, ora fuese alguna persona que llevase los pantalones de trabillas, pero un poco gastados, ora otra cosa cualquiera, todo lo cual hacía asomar siempre a su rostro una sonrisa maliciosa.

Pero Akakiy Akakievich, adondequiera que mirase, siempre veía los renglones regulares de su letra limpia y correcta. Y sólo cuando se le ponía sobre el hombro el hocico de algún caballo, y éste le soplaba en la mejilla con todo vigor, se daba cuenta de que no estaba en medio de una línea, sino en medio de la calle.

Al llegar a su casa se sentaba en seguida a la mesa, tomaba rápidamente la sopa de carne y repollo, y después comía un pedazo de carne de vaca con cebollas, sin reparar en su sabor. Era capaz de comerlo con moscas y con todo aquello que Dios añadía por aquel entonces. Cuando notaba que el estómago empezaba a llenársele, se levantaba de la mesa, cogía un tintero pequeño y empezaba a copiar los papeles que había llevado a casa. Cuando no tenía trabajo, hacía alguna copia para él, por mero placer, sobre todo si se trataba de algún documento especial, no por la belleza del estilo, sino porque fuese dirigido a alguna persona nueva de relativa importancia.

Cuando el cielo gris de Petersburgo oscurece totalmente y toda la población de empleados se ha saciado cenando de acuerdo con sus sueldos y gustos particulares; cuando todo el mundo descansa, procurando olvidarse del rasgar de las plumas en las oficinas, de los vaivenes, de las ocupaciones propias y ajenas y de todas las molestias que se toman voluntariamente los hombres inquietos y a menudo sin necesidad; cuando los empleados gastan el resto del tiempo divirtiéndose unos, los más animados, asistiendo a algún teatro, otros saliendo a la calle, para observar ciertos sombreritos y las modas últimas, quienes acudiendo a alguna reunión en donde se prodiguen cumplidos a lindas muchachas o a alguna en especial, que se considera como estrella en este limitado círculo de empleados, y quienes, los más numerosos, yendo simplemente a casa de un compañero, que vive en un cuarto o tercer piso compuesto de dos pequeñas habitaciones y un vestíbulo o cocina, con objetos modernos, que denotan casi siempre afectación, una lámpara o cualquier otra cosa adquirida a costa de muchos sacrificios, renunciamientos y privaciones a cenas o recreos. En una palabra: a la hora en que todos los empleados se dispersan por las pequeñas viviendas de sus amigos para jugar al *whist* y tomar algún que otro vaso de té con pan tostado de lo más barato y fumar una larga pipa, tragando grandes bocanadas de humo y, mientras se distribuían las cartas, contar historias escandalosas del gran mundo, a lo que un ruso no puede renunciar nunca, sea cual sea su condición, y cuando no había nada que referir, repetir la vieja anécdota acerca del comandante a quien vinieron a decir que habían cortado la cola del caballo de la estatua de Pedro el Grande, de Falconet...; en suma, a la hora en que todos procuraban divertirse de alguna forma, Akakiy Akakievich no se entregaba a diversión alguna.

Nadie podía afirmar haberle visto siquiera una sola vez en alguna reunión. Después de haber copiado a gusto, se iba a dormir, sonriendo y pensando de antemano en el día siguiente.

¿Qué le iba a traer Dios para copiar mañana?

Y así transcurría la vida de este hombre apacible, que, cobrando un sueldo de 400 rublos al año, sabía sentirse contento con su destino. Tal vez hubiera llegado a muy viejo, a no ser por las desgracias que sobrevienen en el curso de la vida, y esto no sólo a los consejeros de Estado, sino también a los privados e incluso a aquellos que no dan consejos a nadie ni de nadie los aceptan.

Existe en Petersburgo un enemigo terrible de todos aquellos que no reciben más de 400 rublos anuales de sueldo. Este enemigo no es otro que nuestras heladas nórdicas, aunque, por lo demás, se dice que son muy sanas. Pasadas las ocho, la hora en que van a la oficina los diferentes empleados del Estado, el frío punzante e intenso ataca de tal forma las narices sin elección de ninguna especie, que los pobres empleados no saben cómo resguardarse. A estas horas, cuando a los más altos dignatarios les duele la cabeza de frío y las lágrimas les saltan de los ojos, los pobres empleados, los consejeros titulares, se encuentran a veces indefensos. Su única salvación consiste en cruzar lo más rápidamente posible las cinco o seis calles, envueltos en sus ligeros capotes, y luego detenerse en la conserjería, pateando enérgicamente, hasta que se deshielan todos los talentos y capacidades de oficinistas que se helaron en el camino.

Desde hacía algún tiempo, Akakiy Akakievich sentía un dolor fuerte y punzante en la espalda y en el hombro, a pesar de que procuraba medir lo más rápidamente posible la distancia habitual de su casa al departamento. Se le ocurrió al fin pensar si no tendría la culpa de ello su capote. Lo examinó minuciosamente en casa y comprobó que precisamente en la espalda y en los hombros la tela clareaba, pues el paño estaba tan gastado, que podía verse a través de él. Y el forro se deshacía de tanto uso.

Conviene saber que el capote de Akakiy Akakievich también era blanco de las burlas de los funcionarios. Hasta le habían quitado el nombre noble de capote y le llamaban bata. En efecto, este capote había ido tomando una forma muy curiosa; el cuello disminuía cada año más y más, porque servía para remendar el resto. Los remiendos no denotaban la mano hábil de un sastre, ni mucho menos, y ofrecían un aspecto tosco y antiestético. Viendo en qué estado se encontraba su capote, Akakiy Akakievich decidió llevarlo a Petrovich, un sastre que vivía en un cuarto piso interior, y que, a pesar de ser bizco y picado de viruelas, revelaba bastante habilidad en remendar pantalones y fraques de funcionarios y de otros caballeros; claro está, cuando se encontraba tranquilo y sereno y no tramaba en su cabeza alguna otra empresa.

Es verdad que no haría falta hablar de este sastre; mas como es costumbre en cada narración esbozar fielmente el carácter de cada personaje, no queda otro remedio que presentar aquí a Petrovich.

Al principio, cuando aún era siervo y hacía de criado, se llamaba Gregorio a secas. Tomó el nombre de Petrovich al conseguir la libertad, y al mismo tiempo empezó a emborracharse los días de fiesta, al principio solamente los grandes y luego continuó haciéndolo, indistintamente, en todas las fiestas de la Iglesia, dondequiera que encontrase alguna cruz en el calendario. Por ese lado permanecía fiel a las costumbres de sus abuelos, y riñendo con su mujer, la llamaba impía y alemana.

Ya que hemos mencionado a su mujer, convendría decir algunas palabras acerca de ella. Desgraciadamente, no se sabía nada de la misma, a no ser que era esposa de Petrovich y que se cubría la cabeza con un gorrito y no con un pañuelo. Al parecer, no podía enorgullecerse de su belleza; a lo sumo, algún que otro soldado de la guardia es muy posible que si se cruzase con ella por la calle le echase alguna mirada debajo del gorro, acompañada de un extraño movimiento de la boca y de los bigotes con un curioso sonido inarticulado.

Subiendo la escalera que conducía al piso del sastre, que, por cierto, estaba en.papada de agua sucia y de desperdicios, desprendiendo un olor a aguardiente que hacía daño al olfato y que, como es sabido, es una característica de todos los pisos interiores de las casas petersburguesas; subiendo la escalera, pues, Akakiy Akakievich reflexionaba sobre el precio que iba a cobrarle Petrovich, y resolvió no darle más de dos rublos.

La puerta estaba abierta, porque la mujer de Petrovich, que en aquel preciso momento freía pescado, había hecho tal humareda en la cocina, que ni siquiera se podían ver las cucarachas. Akakiy Akakievich atravesó la cocina sin ser visto por la mujer y llegó a la habitación, donde se encontraba Petrovich sentado en una ancha mesa de madera con las piernas cruzadas, como un bajá, y descalzo, según costumbre de los sastres cuando están trabajando. Lo primero que llamaba la atención era el dedo grande, bien conocido de Akakiy Akakievich por la uña destrozada, pero fuerte y firme, como la concha de una tortuga. Llevaba al cuello una madeja de seda y de hilo y tenía sobre las rodillas una prenda de vestir destrozada. Desde hacía tres minutos hacía lo imposible por enhebrar una aguja, sin conseguirlo, y por eso echaba pestes contra la oscuridad y luego contra el hilo, murmurando entre dientes:

—¡Te vas a decidir a pasar, bribona! ¡Me estás haciendo perder la paciencia, granuja!

Akakiy Akakievich estaba disgustado por haber llegado en aquel preciso momento en que Petrovich se hallaba encolerizado. Prefería darle un encargo cuando el sastre estuviese algo menos batallador, más tranquilo, pues, como decía su esposa, ese demonio tuerto se apaciguaba con el aguardiente ingerido. En semejante estado, Petrovich solía mostrarse muy complaciente y rebajaba de buena gana, más aún, daba las gracias y hasta se inclinaba respetuosamente ante el cliente. Es verdad que luego venía la mujer llorando y decía que su marido estaba borracho y por eso había aceptado el trabajo a bajo precio. Entonces se le añadían diez kopeks más, y el asunto quedaba resuelto. Pero aquel día Petrovich parecía no estar borracho y por eso se mostraba terco, poco hablador y dispuesto a pedir precios exorbitantes.

Akakiy Akakievich se dio cuenta de todo esto y quiso, como quien dice, tomar las de Villadiego; pero ya no era posible. Petrovich clavó en él su ojo torcido y Akakiy Akakievich dijo sin querer:

—¡Buenos días, Petrovich!

—¡Muy buenos los tenga usted también! —respondió Petrovich, mirando de soslayo las manos de Akakiy Akakievich para ver qué clase de botín traía éste.

—Vengo a verte, Petrovich, pues yo...

Conviene saber que Akakiy Akakievich se expresaba siempre por medio de preposiciones, adverbios y partículas gramaticales que no tienen ningún significado. Si el asunto en cuestión era muy delicado, tenía la costumbre de no terminar la frase, de modo que a menudo empezaba por las palabras: "Es verdad, justamente eso...", y después no seguía nada y él mismo se olvidaba, pensando que lo había dicho todo.

—¿Qué quiere, pues? —le preguntó Petrovich, inspeccionando en aquel instante con su único ojo todo el uniforme, el cuello, las mangas, la espalda, los faldones y los ojales, que conocía muy bien, ya que era su propio trabajo.

Ésta es la costumbre de todos los sastres y es lo primero que hizo Petrovich.

—Verás, Petrovich...; yo quisiera que... este capote...; mira el paño...; ¿ves?, por todas partes está fuerte..., sólo que está un poco cubierto de polvo, parece gastado; pero en realidad está nuevo; sólo una parte está un tanto..., un poquito en la espalda y también algo gastado en el hombro y un poco en el otro hombro... Mira, eso es todo... No es mucho trabajo...

Petrovich tomó el capote, lo extendió sobre la mesa y lo examinó detenidamente. Después meneó la cabeza y extendió la mano hacia la ventana para coger su tabaquera redonda con el retrato de un general, cuyo nombre no se podía precisar, puesto que la parte donde antes se viera la cara estaba perforada por el dedo y tapada ahora con un pedazo rectangular de papel. Después de tomar una pulgada de rapé, Petrovich puso el capote al trasluz y volvió a menear la cabeza. Luego lo puso al revés con el forro hacia afuera y de nuevo meneó la cabeza; volvió a levantar la tapa de la tabaquera adornada con el retrato del general y arreglada con aquel pedazo de papel, e introduciendo el rapé en la nariz, cerró la tabaquera y se la guardó, diciendo por fin:

—Aquí no se puede arreglar nada. Es una prenda muy gastada.

Al oír estas palabras, el corazón se le oprimió al pobre Akakiy Akakievich.

—¿Por qué no es posible, Petrovich? —preguntó con voz suplicante de niño. Sólo esto de los hombros está estropeado y tú tendrás seguramente algún pedazo...

—Sí; en cuanto a los pedazos se podrían encontrar —dijo Petrovich— sólo que no se pueden poner, pues el paño está completamente podrido y se deshará en cuanto se toque con la aguja.

—Pues que se deshaga, tú no tienes más que ponerle un remiendo.

—No puedo poner el remiendo en ningún sitio, no hay dónde fijarlo; además, sería un remiendo demasiado grande. Esto ya no es paño; un golpe de viento basta para arrancarlo.

—Bueno, pues refuérzalo...; cómo no..., efectivamente, eso es...

—No —dijo Petrovich con firmeza—; no se puede hacer nada. Es un asunto muy malo. Será mejor que se haga con él unas *onuchkas* para cuando llegue el invierno y empiece a hacer frío, porque las medias no abrigan nada, no son más que un invento de los alemanes para hacer dinero —Petrovich aprovechaba gustoso la ocasión para meterse con los alemanes—. En cuanto al capote, tendrá que hacerse otro nuevo.

Al oír la palabra *nuevo*, Akakiy Akakievich sintió que se le nublaba la vista y le pareció que todo lo que había en la habitación empezaba a dar vueltas. Lo único que pudo ver claramente era el semblante del general tapado con el papel en la tabaquera de Petrovich.

—¡Cómo uno nuevo! —murmuró como en sueño—. Si no tengo dinero para ello.

—Sí; uno nuevo —repitió Petrovich con brutal tranquilidad.

—...Y de ser nuevo..., ¿cuánto sería...?

—¿Que cuánto costaría?

—Sí.

—Pues unos 150 rublos —contestó Petrovich, y al decir esto apretó los labios.

Era muy amigo de los efectos fuertes y le gustaba dejar pasmado al cliente y luego mirar de soslayo para ver qué cara de susto ponía al oír tales palabras.

—¡150 rublos por el capote! —exclamó el pobre Akakiy Akakievich.

Quizá por primera vez se le escapaba semejante grito, ya que siempre se distinguía por su voz muy suave.

—Sí —dijo Petrovich—. Y además, ¡qué capote! Si se le pone un cuello de marta y se le forra el capuchón con seda, entonces vendrá a costar hasta 200 rublos.

—¡Por Dios, Petrovich! —le dijo Akakiy Akakievich con voz suplicante, sin escuchar, es decir, esforzándose en no prestar atención a todas sus palabras y efectos—. Arréglalo como sea para que sirva todavía algún tiempo.

—¡No! Eso sería tirar el trabajo y el dinero... repuso Petrovich.

Y tras aquellas palabras, Akakiy Akakievich quedó completamente abatido y se marchó. Mientras tanto, Petrovich permaneció aún largo rato en pie, con los labios expresivamente apretados, sin comenzar su trabajo, satisfecho de haber sabido mantener su propia dignidad y de no haber faltado a su oficio.

Cuando Akakiy Akakievich salió a la calle se hallaba como en un sueño.

"Qué cosa! —decía para sí—. Jamás hubiera pensado que iba a terminar así... ¡Vaya! —exclamó después de unos minutos de silencio—. ¡He aquí al extremo que hemos llegado! La verdad es que yo nunca podía suponer que llegara a esto... —y después de otro largo silencio, terminó diciendo—: ¡Pues así es! ¡Esto sí que es inesperado!... ¡Qué situación!..."

Dicho esto, en vez de volver a su casa se fue, sin darse cuenta, en dirección contraria. En el camino tropezó con un deshollinador, quien rozándole el hombro, se lo manchó de negro; además, del techo de una casa en construcción le cayó una respetable cantidad de cal; pero él no se daba cuenta de nada. Sólo cuando se dio de cara con un guardia, que habiendo colocado la alabarda junto a él echaba rapé de la tabaquera en su palma callosa, se dio cuenta porque el guardia le gritó:

—¿Por qué te metes debajo de mis narices? ¿Acaso no tienes la acera?

Esto le hizo mirar en torno suyo y volver a casa. Solamente entonces empezó a reconcentrar sus pensamientos y vio claramente la situación en que se hallaba y comenzó a monologar consigo mismo, no en forma incoherente, sino con lógica y franqueza, como si hablase con un amigo inteligente a quien se puede confiar lo más íntimo de su corazón.

—No —decía Akakiy Akakievich— ahora no se puede hablar con Petrovich, pues está algo...; su mujer debe de haberle proporcionado una buena paliza. Será mejor que vaya a verle un domingo por la mañana; después de la noche del sábado estará medio dormido, bizqueando, y deseará beber para reanimarse algo, y como su mujer no le habrá dado dinero, yo le daré una moneda de diez kopeks y él se volverá más tratable y arreglará el capote...

Y ésta fue la resolución que tomó Akakiy Akakievich. Y procurando animarse, esperó hasta el domingo. Cuando vio salir a la mujer de Petrovich, fue directamente a su casa. En efecto, Petrovich, después de la borrachera de la víspera, estaba más bizco que nunca, tenía la cabeza inclinada y estaba medio dormido; pero con todo eso, en cuanto se enteró de lo que se trataba, exclamó como si le impulsara el propio demonio:

—¡No puede ser! ¡Haga el favor de mandarme hacer otro capote!

Y entonces fue cuando Akakiy Akakievich le metió en la mano la moneda de diez kopeks.

—Gracias, señor; ahora podré reanimarme un poco bebiendo a su salud —dijo Petrovich—. En cuanto al capote, no debe pensar más en él, no sirve para nada. Yo le haré uno estupendo..., se lo garantizo.

Akakiy Akakievich volvió a insistir sobre el arreglo; pero Petrovich no le quiso escuchar y dijo:

Le haré uno nuevo, magnífico... Puede contar conmigo; lo haré lo mejor que pueda. Incluso podrá abrochar el cuello con corchetes de plata, según la última moda.

Sólo entonces vio Akakiy Akakievich que no podía pasarse sin un nuevo capote y perdió el ánimo por completo.

Pero ¿cómo y con qué dinero iba a hacérselo? Claro, podía contar con un aguinaldo que le darían en las próximas fiestas. Pero este dinero lo había distribuido ya desde hace tiempo con un fin determinado. Era preciso encargar unos pantalones nuevos y pagar al zapatero una vieja deuda por las nuevas punteras en un par de botas viejas, y, además, necesitaba encargarse tres camisas y dos prendas de ropa de esas que se considera poco decoroso nombrarlas por su propio nombre. Todo el dinero estaba distribuido de antemano, y aunque el director se mostrara magnánimo y concediese un aguinaldo de 45 a 50 rublos, sería sólo una pequeñez en comparación con el capital necesario para el capote, era una gota de agua en el océano. Aunque, claro, sabía que a Petrovich le daba a veces no sé qué locura, y entonces pedía precios tan exorbitantes, que incluso su mujer no podía contenerse y exclamaba:

—¡Te has vuelto loco, grandísimo tonto! Unas veces trabajas casi gratis y ahora tienes la desfachatez de pedir un precio que tú mismo no vales.

Por otra parte, Akakiy Akakievich sabía que Petrovich consentiría en hacerle el capote por 80 rublos. Pero, de todas maneras, ¿dónde hallar esos 80 rublos? La mitad quizá podría conseguirla, y tal vez un poco más. Pero ¿y la otra mitad?...

Pero antes el lector ha de enterarse de dónde provenía la primera mitad. Akakiy Akakievich tenía la costumbre de echar un kopek siempre que gastaba un rublo, en un pequeño cajón, cerrándolo con llave, cajón que tenía una ranura ancha para hacer pasar el dinero. Al cabo de cada medio año hacía el recuento de esta pequeña cantidad de monedas de cobre y las cambiaba por otras de plata. Practicaba este sistema desde hacía mucho tiempo, y de esta manera, al cabo de unos años, ahorró una suma superior a 40 rublos. Así, pues, tenía en su poder la mitad, pero ¿y la otra mitad? ¿Dónde conseguir los 40 rublos restantes?

Akakiy Akakievich pensaba, pensaba, y finalmente llegó a la conclusión de que era preciso reducir los gastos ordinarios por lo menos durante un año, o sea, dejar de tomar té todas las noches, no encender la vela por la noche, y si tenía que copiar algo, ir a la habitación de la patrona para trabajar a la luz de su vela. También sería preciso al andar por la calle pisar lo más suavemente posible las piedras y baldosas e incluso hasta ir casi de puntillas para no gastar demasiado rápidamente las suelas, dar a lavar la ropa a la lavandera también lo menos posible. Y para que no se gastara, quitársela al volver a casa y ponerse sólo la bata, que estaba muy vieja, pero que, afortunadamente, no había sido demasiado maltratada por el tiempo.

Hemos de confesar que al principio le costó bastante adaptarse a estas privaciones, pero después se acostumbró y todo fue muy bien. Incluso hasta llegó a dejar de cenar; pero, en cambio, se alimentaba espiritualmente con la eterna idea de su futuro capote. Desde aquel momento diríase que su vida había cobrado mayor plenitud; como si se hubiera casado o como si otro ser estuviera siempre en su presencia, como si ya no fuera solo, sino que una querida compañera hubiera accedido gustosa a caminar con él por el sendero de la vida. Y esta compañera no era otra, sino... el famoso capote, guateado con un forro fuerte e intacto. Se volvió más animado y de carácter más enérgico, como un hombre que se ha propuesto un fin determinado. La duda e irresolución desaparecieron en la expresión de su rostro, y en sus acciones también todos aquellos rasgos de vacilación e indecisión. Hasta a veces en sus ojos brillaba algo así como una llama, y los pensamientos más audaces y temerarios surgían en su mente: "¿Y si se encargase un cuello de marta?" Con estas reflexiones por poco se vuelve distraído. Una vez estuvo a punto de hacer una falta, de modo que exclamó: "¡Ay!", y se persignó. Por lo menos una vez al mes iba a casa de Petrovich para hablar del capote y consultarle sobre dónde sería mejor comprar el paño, y de qué color y de qué precio, y siempre volvía a casa algo preocupado, pero contento al pensar que al fin iba a llegar el día en que, después de comprado todo, el capote estaría listo. El asunto fue más de prisa de lo que había esperado y supuesto. Contra toda suposición, el director le dio un aguinaldo, no de 40 o 48 rublos, sino de 60 rublos. Quizá presintió que

Akakiy Akakievich necesitaba un capote o quizá fue solamente por casualidad; el caso es que Akakiy Akakievich se enriqueció de repente con veinte rublos más. Esta circunstancia aceleró el asunto. Después de otros dos o tres meses de pequeños ayunos consiguió reunir los ochenta rublos. Su corazón, por lo general tan apacible, empezó a latir precipitadamente. Y ese mismo día fue a las tiendas en compañía de Petrovich. Compraron un paño muy bueno —¡y no es de extrañar!— desde hacía más de seis meses pensaban en ello y no dejaban pasar un mes sin ir a las tiendas para cerciorarse de los precios. Y así es que el mismo Petrovich no dejó de reconocer que era un paño inmejorable. Eligieron un forro de calidad tan resistente y fuerte, que según Petrovich era mejor que la seda y le aventajaba en elegancia y brillo. No compraron marta, porque, en efecto, era muy cara; pero, en cambio, escogieron la más hermosa piel de gato que había en toda la tienda y que de lejos fácilmente se podía tomar por marta.

Petrovich tardó unas dos semanas en hacer el capote, pues era preciso pespuntear mucho; a no ser por eso lo hubiera terminado antes. Por su trabajo cobró doce rublos, menos ya no podía ser. Todo estaba cosido con seda y a dobles costuras, que el sastre repasaba con sus propios dientes estampando en ellas variados arabescos.

Por fin, Petrovich le trajo el capote. Esto sucedió..., es difícil precisar el día; pero de seguro que fue el más solemne en la vida de Akakiy Akakievich. Se lo trajo por la mañana, precisamente un poco antes de irse él a la oficina. No habría podido llegar en un momento más oportuno, pues ya el frío empezaba a dejarse sentir con intensidad y amenazaba con volverse aún más punzante. Petrovich apareció con el capote como conviene a todo buen sastre. Su cara reflejaba una expresión de dignidad que Akakiy Akakievich jamás le había visto. Parecía estar plenamente convencido de haber realizado una gran obra y se le había revelado con toda claridad el abismo de diferencia que existe entre los sastres que sólo hacen arreglos y ponen forros y aquellos que confeccionan prendas nuevas de vestir.

Sacó el capote, que traía envuelto en un pañuelo recién planchado; sólo después volvió a doblarlo y se lo guardó en el bolsillo para su uso particular. Una vez descubierto el capote, lo examinó con orgullo, y cogiéndolo con ambas manos lo echó con suma habilidad sobre los hombros de Akakiy Akakievich. Luego, lo arregló, estirándolo un poco hacia abajo. Se lo ajustó perfectamente, pero sin abrocharlo. Akakiy Akakievich, como hombre de edad madura, quiso también probar las mangas. Petrovich le ayudó a hacerlo, y he aquí que aun así el capote le sentaba estupendamente. En una palabra, estaba hecho a la perfección. Petrovich aprovechó la ocasión para decirle que si se lo había hecho a tan bajo precio era sólo porque vivía en un piso pequeño, sin placa, en una calle lateral y porque conocía a Akakiy Akakievich desde hacía tantos años. Un sastre de la perspectiva Nevski sólo por el trabajo le habría cobrado 75 rublos. Akakiy Akakievich no tenía ganas de tratar de ello con Petrovich, temeroso de las sumas fabulosas de las que el sastre solía hacer alarde. Le pagó, le dio las gracias y salió con su nuevo capote camino de la oficina.

Petrovich salió detrás de él y, parándose en plena calle, le siguió largo rato con la mirada, absorto en la contemplación del capote. Después, a propósito, pasó corriendo por una callejuela tortuosa y vino a dar a la misma calle para mirar otra vez el capote del otro lado, es decir, cara a cara. Mientras tanto, Akakiy Akakievich seguía caminando con aire de fiesta. A cada momento sentía que llevaba un capote nuevo en los hombros y hasta llegó a sonreírse varias veces de íntima satisfacción. En efecto, tenía dos ventajas: primero, porque el capote abrigaba mucho, y segundo, porque era elegante. El camino se le hizo cortísimo, ni siquiera se fijó en él y de repente se encontró en la oficina. Dejó el capote en la conserjería y volvió a mirarlo por todos los lados, rogando al conserje que tuviera especial cuidado con él.

No se sabe cómo, pero al momento, en la oficina, todos se enteraron de que Akakiy Akakievich tenía un capote nuevo y que el famoso batín había dejado de existir. En el acto todos salieron a la conserjería para ver el nuevo capote de Akakiy Akakievich. Empezaron a felicitarle cordialmente de tal modo, que no pudo por menos que sonreírse; pero luego acabó por sentirse algo avergonzado. Pero cuando todos se acercaron a él diciendo que tenía que celebrar el estreno del capote por medio de un remojón y que, por lo menos, debía darles una fiesta, el pobre Akakiy Akakievich se turbó por completo y no supo qué responder ni cómo defenderse. Sólo pasados unos minutos y poniéndose todo colorado intentó asegurarles, en su simplicidad, que no era un capote nuevo, sino uno viejo.

Por fin, uno de los funcionarios, ayudante del jefe de oficina, queriendo demostrar sin duda alguna que no era orgulloso y sabía tratar con sus inferiores, dijo:

—Está bien, señores; yo daré la fiesta en lugar de Akakiy Akakievich y les convido a tomar el té esta noche en mi casa. Precisamente hoy es mi cumpleaños.

Los funcionarios, como hay que suponer, felicitaron al ayudante del jefe de oficina y aceptaron muy gustosos la invitación. Akakiy Akakievich quiso disculparse, pero todos le interrumpieron diciendo que era una descortesía, que debería darle vergüenza y que no podía de ninguna manera rehusar la invitación.

Aparte de eso, Akakiy Akakievich después se alegró al pensar que de este modo tendría ocasión de lucir su nuevo capote también por la noche. Se puede decir que todo aquel día fue para él una fiesta grande y solemne.

Volvió a casa en un estado de ánimo de lo más feliz, se quitó el capote y lo colgó cuidadosamente en una percha que había en la pared, deleitándose una vez más al contemplar el paño y el forro, y, a propósito, fue a buscar el viejo capote, que estaba a punto de deshacerse, para compararlo. Lo miró y hasta se echó a reír. Y aun después, mientras comía, no pudo por menos que sonreírse al pensar en el estado en que se hallaba el capote. Comió alegremente y luego, contrariamente a lo acostumbrado, no copió ningún documento. Por el contrario, se tendió en la cama, cual verdadero sibarita, hasta el oscurecer. Después, sin más demora, se vistió, se puso el capote y salió a la calle.

Desgraciadamente, no pudo recordar de momento dónde vivía el funcionario anfitrión; la memoria empezó a flaquearle, y todo cuanto había en Petersburgo, sus calles y sus casas se mezclaron de tal suerte en su cabeza, que resultaba difícil sacar de aquel caos algo más o menos ordenado. Sea como fuera, lo seguro es que el funcionario vivía en la parte más elegante de la ciudad, o sea lejos de la casa de Akakiy Akakievich. Al principio tuvo que caminar por calles solitarias escasamente alumbradas; pero a medida que iba acercándose a la casa del funcionario, las calles se veían más animadas y mejor alumbradas. Los transeúntes se hicieron más numerosos y también las señoras estaban ataviadas elegantemente. Los hombres llevaban cuellos de castor y ya no se veían tanto los *veñkas*, esos coches de alquiler con sus trineos de madera con rejas guarnecidas de clavos dorados; en cambio, pasaban con frecuencia elegantes trineos barnizados, particulares, provistos de pieles de oso y conducidos por cocheros tocados con gorras de terciopelo color frambuesa, o bien se veían deslizarse, chirriando sobre la nieve, carrozas con los pescantes sumamente adornados.

Para Akakiy Akakievich todo esto resultaba completamente nuevo; hacía varios años que no había salido de noche por la calle.

Todo curioso, se detuvo delante del escaparate de una tienda para ver un cuadro que representaba a una hermosa mujer que se estaba quitando el zapato, por lo que lucía una pierna escultural: a su espalda, un hombre con patillas y perilla, al estilo español, asomaba la cabeza por la puerta. Akakiy Akakievich meneó la cabeza sonriéndose y prosiguió su camino. ¿Por qué sonreiría? Tal vez porque se encontraba con algo totalmente desconocido, para lo que, sin embargo, muy bien pudiéramos asegurar que cada uno de nosotros posee un sexto sentido. Quizá también pensara lo que la mayoría de los funcionarios habrían pensado decir: "¡Ah, estos franceses! ¡No hay otra cosa que decir! Cuando se proponen una cosa, así ha de ser..." También puede ser que ni siquiera pensara esto, pues es imposible penetrar en el alma de un hombre y averiguar todo cuanto piensa.

Por fin, llegó a la casa donde vivía el ayudante del jefe de oficina. Éste llevaba un gran tren de vida; en la escalera había un farol encendido, y él ocupaba un cuarto en el segundo piso. Al entrar en el vestíbulo, Akakiy Akakievich vio en el suelo toda una fila de chanclos. En medio de ellos, en el centro de la habitación, hervía a borbotones el agua de un samovar esparciendo columnas de vapor. En las paredes colgaban capotes y capas, muchas de las cuales tenían cuellos de castor y vueltas de terciopelo. En la habitación contigua se oían voces confusas, que de repente se tornaron claras y sonoras al abrirse la puerta para dar paso a un lacayo que llevaba una bandeja con vasos vacíos, un tarro de nata y una cesta de bizcochos. Por lo visto los funcionarios debían de estar reunidos desde hacía mucho tiempo y ya habían tomado el primer vaso de té. Akakiy Akakievich colgó él mismo su capote y entró en la habitación. Ante sus ojos desfilaron al mismo tiempo las velas, los funcionarios, las pipas y mesas de juego, mientras que el rumor de las conversaciones que se oían por doquier y el ruido de las sillas sorprendían sus oídos.

Se detuvo en el centro de la habitación todo confuso, reflexionando sobre lo que tenía que hacer. Pero ya le habían visto sus colegas; le saludaron con calurosas exclamaciones y todos fueron en el acto al vestíbulo para admirar nuevamente su capote. Akakiy Akakievich se quedó un tanto desconcertado; pero como era una persona sincera y leal no pudo por menos que alegrarse al ver cómo todos ensalzaban su capote.

Después, como hay que suponer, le dejaron a él y al capote y volvieron a las mesas de *wisht*: Todo ello, el ruido, las conversaciones y la muchedumbre... le pareció un milagro. No sabía cómo comportarse ni qué hacer con sus manos, pies y toda su figura; por fin, acabó sentándose junto a los que jugaban; miraba tan pronto las cartas como los rostros de los presentes; pero al poco rato empezó a bostezar y a aburrirse, tanto más cuanto que había pasado la hora en la que acostumbraba acostarse.

Intentó despedirse del dueño de la casa; pero no le dejaron marcharse, alegando que tenía que beber una copa de champaña para celebrar el estreno del capote. Una hora después servían la cena: ensaladilla, ternera asada fría, empanadas, pasteles y champaña. A Akakiy Akakievich le hicieron tomar dos copas, con lo cual todo cuanto había en la habitación se le apareció bajo un aspecto mucho más risueño. Sin embargo, no consiguió olvidar que era media noche pasada y que era hora de volver a casa. Al fin, y para que al dueño de la casa no se le ocurriera retenerle otro rato, salió de la habitación sin ser visto y buscó su capote en el vestíbulo, encontrándolo, con gran dolor, tirado en el suelo. Lo sacudió, le quitó las pelusas, se lo puso y, por último, bajó las escaleras.

Las calles estaban todavía alumbradas. Algunas tiendas de comestibles, eternos *clubes* de las servidumbres y otra gente, estaban aún abiertas; las demás estaban ya cerradas, pero la luz que se filtraba por entre las rendijas atestiguaba claramente que los parroquianos aún permanecían allí. Eran éstos, sirvientes y criados que seguían con sus chismorreos, dejando a sus amos en la absoluta ignorancia de donde se encontraban.

Akakiy Akakievich caminaba en un estado de ánimo de lo más alegre. Hasta corrió, sin saber por qué, detrás de una dama que pasó con la velocidad de un rayo, moviendo todas las partes del cuerpo. Pero se detuvo en el acto y prosiguió su camino lentamente, admirándose él mismo de aquel arranque tan inesperado que había tenido.

Pronto se extendieron ante él las calles desiertas, siendo notables de día por lo poco animadas y cuanto más de noche. Ahora parecían todavía mucho más silenciosas y solitarias. Escaseaban los faroles, ya que por lo visto se destinaba poco aceite para el alumbrado; a lo largo de la calle, en que se veían casas de madera y verjas, no había un alma. Tan sólo la nieve centelleaba tristemente en las calles, y las cabañas bajas, con sus postigos cerrados, parecían destacarse aún más sombrías y negras. Akakiy Akakievich se acercaba a un punto donde la calle desembocaba en una plaza muy grande, en la que apenas si se podían ver las cosas del otro extremo y daba la sensación de un inmenso y desolado desierto.

A lo lejos, Dios sabe dónde, se vislumbraba la luz de una garita que parecía hallarse al fin del mundo. Al llegar allí, la alegría de Akakiy Akakievich se desvaneció por completo. Entró en la plaza no sin temor, como si presintiera algún peligro. Miró hacia atrás y en torno suyo: diríase que alrededor se extendía un inmenso océano. "¡No! ¡Será mejor que no mire!", pensó para sí y siguió caminando con los ojos cerrados. Cuando los abrió para ver cuánto le quedaba aún para llegar al extremo opuesto de la plaza, se encontró casi ante sus propias narices con unos hombres bigotudos, pero no tuvo tiempo de averiguar más acerca de aquellas gentes. Se le nublaron los ojos y el corazón empezó a latirle precipitadamente.

—¡Pero si este capote es mío! —dijo uno de ellos con voz de trueno, cogiéndole por el cuello.

Akakiy Akakievich quiso gritar pidiendo auxilio, pero el otro le tapó la boca con el puño, que era del tamaño de la cabeza de un empleado, diciéndole: "¡Ay de ti si gritas!"

Akakiy Akakievich sólo se dio cuenta de cómo le quitaban el capote y le daban un golpe con la rodilla que le hizo caer de espaldas en la nieve, en donde quedó tendido sin sentido.

Al poco rato volvió en sí y se levantó, pero ya no había nadie. Sintió que hacía mucho frío y que le faltaba el capote. Empezó a gritar, pero su voz no parecía llegar hasta el extremo de la plaza. Desesperado, sin dejar de gritar, echó a correr a través de la plaza directamente a la garita, junto a la cual había un guarda, que, apoyado en la alabarda, miraba con curiosidad, tratando de averiguar qué clase de hombre se le acercaba dando gritos.

Al llegar cerca de él, Akakiy Akakievich le gritó todo jadeante que no hacía más que dormir y que no vigilaba, ni se daba cuenta de cómo robaban a la gente. El guarda le contestó que él no había visto nada: sólo había observado cómo dos individuos le habían parado en medio de la plaza, pero creyó que eran amigos suyos. Añadió que haría mejor, en vez de enfurecerse en vano, en ir a ver a la mañana siguiente al inspector de policía, y que éste averiguaría sin duda alguna quién le había robado el capote.

Akakiy Akakievich volvió a casa en un estado terrible. Los cabellos que aún le quedaban en pequeña cantidad sobre las sienes y la nuca estaban completamente desordenados. Tenía uno de los costados, el pecho y los pantalones, cubiertos de nieve. Su vieja patrona, al oír cómo alguien golpeaba fuertemente en la puerta, saltó fuera de la cama, calzándose sólo una zapatilla, y fue corriendo a abrir la puerta, cubriéndose pudorosamente con una mano el pecho, sobre el cual no llevaba más que una camisa. Pero al ver a Akakiy Akakievich retrocedió de espanto. Cuando él le contó lo que le había sucedido, ella alzó los brazos al cielo y dijo que debía dirigirse directamente al comisario del distrito y no al inspector, porque éste no hacía más que prometerle muchas cosas y dar largas al asunto. Lo mejor era ir al momento con el comisario del distrito, a quien ella conocía, porque Ana, la finlandesa que tuvo antes de cocinera, servía ahora de niñera en su casa, y que ella misma le veía a menudo, cuando pasaba delante de la casa. Además, todos los domingos, en la iglesia, pudo observar que rezaba y al mismo tiempo miraba alegremente a todos, y todo en él denotaba que era un hombre de bien.

Después de oír semejante consejo se fue, todo triste, a su habitación. Cómo pasó la noche..., sólo se lo imaginarían quienes tengan la capacidad suficiente de ponerse en la situación de otro.

A la mañana siguiente, muy temprano, fue a ver al comisario del distrito, pero le dijeron que aún dormía. Volvió a las diez y aún seguía durmiendo. Fue a las once, pero el comisario había salido. Se presentó a la hora de la comida, pero los escribientes que estaban en la antesala no quisieron dejarle pasar e insistieron en saber qué deseaba, por qué venía y qué había sucedido. De modo que, en vista de los entorpecimientos, Akakiy Akakievich quiso, por primera vez en su vida, mostrarse enérgico, y dijo, en tono que no admitía réplicas, que tenía que hablar personalmente con el comisario, que venía del Departamento del Ministerio para un asunto oficial y que, por tanto, debían dejarle pasar, y si no lo hacían, se quejaría de ello y les saldría cara la cosa. Los escribientes no se atrevieron a replicar y uno de ellos fue a anunciarle al comisario.

Éste interpretó de un modo muy extraño el relato sobre el robo del capote. En vez de interesarse por el punto esencial empezó a preguntar a Akakiy Akakievich por qué volvía a casa a tan altas horas de la noche y si no habría estado en una casa sospechosa. De tal suerte, que el pobre Akakiy Akakievich se quedó todo confuso. Se fue sin saber si el asunto estaba bien encomendado. En todo el día no fue a la oficina (hecho sin precedente en su vida). Al día siguiente se presentó todo pálido y vestido con su viejo capote, que tenía un aspecto aún más lamentable. El relato del robo del capote —aparte de que no faltaron algunos funcionarios que aprovecharon la ocasión para burlarse— conmovió a muchos. Decidieron en seguida abrir una suscripción en beneficio suyo, pero el resultado fue muy exiguo, debido a que los funcionarios habían tenido que gastar mucho dinero en la suscripción para el retrato del director y para un libro que compraron a indicación del jefe de sección, que era amigo del autor. Así, pues, sólo consiguieron reunir una suma insignificante.

Uno de ellos, movido por la compasión y deseos de darle por lo menos un buen consejo, le dijo que no se dirigiera al comisario, pues suponiendo aún que deseara granjearse la simpatía de su superior y encontrase el capote, éste permanecería en manos de la policía hasta que lograse probar que era su legítimo propietario. Lo mejor sería, pues, que se dirigiera a una "alta personalidad", cuya mediación podría dar un rumbo favorable al asunto. Como no quedaba otro remedio, Akakiy Akakievich se decidió a acudir a la "alta personalidad".

¿Quién era aquella "alta personalidad" y qué cargo desempeñaba? Eso es lo que nadie sabría decir. Conviene saber que dicha "alta personalidad" había llegado a ser tan sólo esto desde hacía algún tiempo, por lo que hasta entonces era por completo desconocido. Además, su posición tampoco ahora se consideraba como muy importante en comparación con otras de mayor categoría. Pero siempre habrá personas que consideran como muy importante lo que los demás califican de insignificante. Además, recurría a todos los medios para realzar su importancia. Decretó que los empleados subalternos le esperasen en la escalera hasta que llegase él y que nadie se presentara directamente a él, sino que las cosas se realizaran con un orden de lo más riguroso. El registrador tenía que presentar la solicitud de audiencia al secretario del gobierno, quien a su vez la transmitía al consejero titular o a quien se encontrase de categoría superior. Y de esta forma llegaba el asunto a sus manos. Así, en nuestra santa

Rusia, todo está contagiado de la manía de imitar y cada cual se afana en imitar a su superior. Hasta cuentan que cierto consejero titular, cuando le ascendieron a director de una cancillería pequeña, en seguida se hizo separar su cuarto por medio de un tabique de lo que él llamaba "sala de reuniones". A la puerta de dicha sala colocó a unos conserjes con cuellos rojos y galones que siempre tenían la mano puesta sobre el picaporte para abrir la puerta a los visitantes, aunque en la "sala de reuniones" apenas sí cabía un escritorio de tamaño regular.

El modo de recibir y las costumbres de la "alta personalidad" eran majestuosos e imponentes, pero un tanto complicados. La base principal de su sistema era la severidad. "Severidad, severidad, y... severidad", solía decir, y al repetir por tercera vez esta palabra dirigía una mirada significativa a la persona con quien estaba hablando, aunque no hubiera ningún motivo para ello, pues los diez empleados que formaban todo el mecanismo gubernamental, ya sin eso estaban constantemente atemorizados. Al verle de lejos, interrumpían ya el trabajo y esperaban en actitud militar a que pasase el jefe. Su conversación con los subalternos era siempre severa y consistía sólo en las siguientes frases: "¿Cómo se atreve? ¿Sabe usted con quién habla? ¿Se da usted cuenta? ¿Sabe a quién tiene delante?"

Por lo demás, en el fondo era un hombre bondadoso, servicial y se comportaba bien con sus compañeros, sólo que el grado de general le había hecho perder la cabeza.

Desde el día en que le ascendieron a general se hallaba todo confundido, andaba descarriado y no sabía cómo comportarse. Si trataba con personas de su misma categoría se mostraba muy correcto y formal y en muchos aspectos hasta inteligente. Pero en cuanto asistía a alguna reunión donde el anfitrión era tan sólo de un grado inferior al suyo, entonces parecía hallarse completamente descentrado. Permanecía callado y su situación era digna de compasión, tanto más cuanto él mismo se daba cuenta de que hubiera podido pasar el tiempo de una manera mucho más agradable. En sus ojos se leía a menudo el ardiente deseo de tomar parte en alguna conversación interesante o de juntarse a otro grupo, pero se retenía al pensar que aquello podía parecer excesivo por su parte o demasiado familiar, y que con ello rebajaría su dignidad. Y por eso permanecía eternamente solo en la misma actitud silenciosa, emitiendo de cuando en cuando un sonido monótono, con lo cual llegó a pasar por un hombre de lo más aburrido.

Tal era la "alta personalidad" a quien acudió Akakiy Akakievich, y el momento que eligió para ello no podía ser más inoportuno para él; sin embargo, resultó muy oportuno para la "alta personalidad". Esta se hallaba en su gabinete conversando muy alegremente con su antiguo amigo de la infancia, a quien no veía desde hacía muchos años, cuando le anunciaron que deseaba hablarle un tal Bachmachkin.

—¿Quién es? —preguntó bruscamente.

—Un empleado.

—¡Ah! ¡Que espere! Ahora no tengo tiempo —dijo la "alta personalidad". Es preciso decir que la "alta personalidad" mentía con descaro; tenía tiempo; los dos amigos ya habían terminado de hablar sobre todos los temas posibles, y la conversación había quedado interrumpida ya más de una vez por largas pausas, durante las cuales se propinaban cariñosas palmaditas, diciendo:

—Así es, Iván Abramovich.

—En efecto, Esteban Varlamovich.

Sin embargo, cuando recibió el aviso de que tenía visita, mandó que esperase el funcionario para demostrar a su amigo, que hacía mucho que estaba retirado y vivía en una casa de campo, cuánto tiempo hacía esperar a los empleados en la antesala. Por fin, después de haber hablado cuanto quisieron o, mejor dicho, de haber callado lo suficiente, acabaron de fumar sus cigarros cómodamente recostados en unos mullidos butacones, y entonces su excelencia pareció acordarse de repente de que alguien le esperaba, y dijo al secretario, que se hallaba en pie, junto a la puerta, con unos papeles para su informe:

—Creo que me está esperando un empleado. Dígale que puede pasar.

Al ver el aspecto humilde y el viejo uniforme de Akakiy Akakievich, se volvió hacia él con brusquedad y le dijo:

—¿Qué desea?

Pero todo esto con voz áspera y dura, que sin duda alguna había ensayado delante del espejo, a solas en su habitación, una semana antes de que le nombraran para el nuevo cargo.

Akakiy Akakievich, que ya de antemano se sentía todo tímido, se azoró por completo. Sin embargo, trató de explicar como pudo o, mejor dicho, con toda la fluidez de que era capaz su lengua, que tenía un capote nuevo y que se lo habían robado de un modo inhumano, añadiendo, claro está, más particularidades y más palabras innecesarias. Rogaba a su excelencia que intercediera por escrito..., o así..., como quisiera..., con el jefe de la policía u otra persona para que buscasen el capote y se lo restituyesen. Al general le pareció, sin embargo, que aquél era un procedimiento demasiado familiar, y por eso dijo bruscamente:

Pero, ¡señor!, ¿no conoce usted el reglamento? ¿Cómo es que se presenta así? ¿Acaso ignora cómo procede en estos asuntos? Primero debería usted haber hecho una instancia en la cancillería, que habría sido remitida al jefe del departamento, el cual le transmitiría al secretario, y éste me la hubiera presentado a mí.

—Pero, excelencia... —dijo Akakiy Akakievich, recurriendo a la poca serenidad que aún quedaba en él y sintiendo que sudaba de una manera horrible—. Yo, excelencia, me he atrevido a molestarle con este asunto porque los secretarios..., los secretarios.., son gente de poca confianza...

—¡Cómo! ¿Qué? ¿Qué dice usted? —exclamó la "alta personalidad"—. ¿Cómo se atreve a decir semejante cosa?

¿De dónde ha sacado usted esas ideas? ¡Qué audacia tienen los jóvenes con sus superiores y con las autoridades!

Era evidente que la "alta personalidad" no había reparado en que Akakiy Akakievich había pasado de los cincuenta años, de suerte que la palabra "joven" sólo podía aplicársele relativamente, es decir, en comparación con un septuagenario.

—¿Sabe usted con quién habla? ¿Se da cuenta de quien tiene delante? ¿Se da usted cuenta, se da usted cuenta? ¡Le pregunto yo a usted!

Y dio una fuerte patada en el suelo y su voz se tornó tan cortante, que aun otro que no fuera Akakiy Akakievich se habría asustado también.

Akakiy Akakievich se quedó helado, se tambaleó, un estremecimiento le recorrió todo el cuerpo, y apenas sí se pudo tener en pie. De no ser porque un guardia acudió a sostenerle, se hubiera desplomado. Le sacaron fuera casi desmayado.

Pero aquella "alta personalidad", satisfecha del efecto que causaron sus palabras, y que habían superado en mucho sus esperanzas, no cabía en sí de contento, al pensar que una palabra suya causaba tal impresión, que podía hacer perder el sentido a uno. Miró de reojo a su amigo, para ver lo que opinaba de todo aquello, y pudo comprobar, no sin gran placer, que su amigo se hallaba en una situación indefinible, muy próxima al terror.

Cómo bajó las escaleras Akakiy Akakievich y cómo salió a la calle, esto son cosas que ni él mismo podía recordar, pues apenas si sentía las manos y los pies. En su vida le habían tratado con tanta grosería, y precisamente un general y además un extraño. Caminaba en medio de la nevasca que bramaba en las calles, con la boca abierta, haciendo caso omiso de las aceras. El viento, como de costumbre en San Petersburgo, soplaba sobre él de todos los lados, es decir, de los cuatro puntos cardinales y desde todas las callejuelas. En un instante se resfrió la garganta y contrajo una angina. Llegó a casa sin poder proferir ni una sola palabra: tenía el cuerpo todo hinchado y se metió en la cama. ¡Tal es el efecto que puede producir a veces una reprimenda!

Al día siguiente amaneció con una fiebre muy alta. Gracias a la generosa ayuda del clima petersburgués, el curso de la enfermedad fue más rápido de lo que hubiera podido esperarse, y cuando llegó el médico y le cogió el pulso, únicamente pudo prescribirle fomentos, sólo con el fin de que el enfermo no muriera sin el benéfico auxilio de la medicina. Y sin más ni más, le declaró en el acto que le quedaban sólo un día y medio de vida. Luego se volvió hacia la patrona, diciendo:

—Y usted, madrecita, no pierda el tiempo: encargue en seguida un ataúd de madera de pino, pues uno de roble sería demasiado caro para él.

Ignoramos si Akakiy Akakíevich oyó estas palabras pronunciadas acerca de su muerte, y en el caso de que las oyera, si llegaron a conmoverle profundamente y le hicieron quejarse de su destino, ya que todo el tiempo permanecía en el delirio de la fiebre.

Visiones extrañas a cuál más curiosas se le aparecían sin cesar. Veía a Petrovich y le encargaba que le hiciese un capote con alguna trampa para los ladrones, que siempre creía tener debajo de la cama, y a cada instante llamaba a la patrona y le suplicaba que sacara un ladrón que se había escondido debajo de la manta; luego preguntaba por qué el capote viejo estaba colgado delante de él, cuando tenía uno nuevo. Otras veces creía estar delante del general, escuchando sus insultos y diciendo: "Perdón, excelencia". Por último, se puso a maldecir y profería palabras tan terribles, que la vieja patrona se persignó, ya que jamás en la vida le había oído decir nada semejante; además, estas palabras siguieron inmediatamente al título de excelencia. Después sólo murmuraba frases sin sentido, de manera que era imposible comprender nada. Sólo se podía deducir realmente que aquellas palabras e ideas incoherentes se referían siempre a la misma cosa: el capote. Finalmente, el pobre Akakiy Akakievich exhaló el último suspiro.

Ni la habitación ni sus cosas fueron selladas, por la sencilla razón de que no tenía herederos y que sólo dejaba un pequeño paquete con plumas de ganso, un cuaderno de papel blanco oficial, tres pares de calcetines, dos o tres botones desprendidos de un pantalón y el capote que ya conoce el lector. ¡Dios sabe para quién quedó todo esto!

Reconozco que el autor de esta narración no se interesó por el particular. Se llevaron a Akakiy Akakievich y lo enterraron; San Petersburgo se quedó sin él como si jamás hubiera existido.

Así desapareció un ser humano que nunca tuvo quién le amparara, a quien nadie había querido y que jamás interesó a nadie. Ni siquiera llamó la atención del naturalista, quien no desprecia de poner en el alfiler una mosca común y examinarla en el microscopio. Fue un ser que sufrió con paciencia las burlas de sus colegas de oficina y que bajó a la tumba sin haber realizado ningún acto extraordinario; sin embargo, divisó, aunque sólo fuera al fin de su vida, el espíritu de la luz en forma de capote, el cual reanimó por un momento su miserable existencia, y sobre quien cayó la desgracia, como también cae a veces sobre los privilegiados de la tierra...

Pocos días después de su muerte mandaron a un ordenanza de la oficina con orden de que Akakiy Akakievich se presentase inmediatamente, porque el jefe lo exigía. Pero el ordenanza tuvo que volver sin haber conseguido su propósito y declaró que Akakiy Akakievich ya no podía presentarse. Le preguntaron:

—¿Y por qué?

—¡Pues porque no! Ha muerto; hace cuatro días que lo enterraron.

Y de este modo se enteraron en la oficina de la muerte de Akakiy Akakievich. Al día siguiente su sitio se hallaba ya ocupado por un nuevo empleado. Era mucho más alto y no trazaba las letras tan derechas al copiar los documentos, sino mucho más torcidas y contrahechas. Pero

¿quién iba a imaginarse que con ello termina la historia de Akakiy Akakievich, ya que estaba destinado a vivir ruidosamente aún muchos días después de muerto, como recompensa a su vida que pasó inadvertido? Y, sin embargo, así sucedió, y nuestro sencillo relato va a tener de repente un final fantástico e inesperado.

En San Petersburgo se esparció el rumor de que en el puente de Kalenik, y a poca distancia de él, se aparecía de noche un fantasma con figura de empleado que buscaba un capote robado y que con tal pretexto arrancaba a todos los hombres, sin distinción de rango ni profesión, sus capotes, forrados con pieles de gato, de castor, de zorro, de oso, o simplemente guateados; en una palabra: todas las pieles auténticas o de imitación que el hombre ha inventado para protegerse.

Uno de los empleados del Ministerio vio con sus propios ojos al fantasma y reconoció en él a Akakiy Akakievich. Se llevó un susto tal, que huyó a todo correr, y por eso no pudo observar bien al espectro. Sólo vio que aquél le amenazaba desde lejos con el dedo. En todas partes había quejas de que las espaldas y los hombros de los consejeros, y no sólo de consejeros titulares, sino también de los áulicos, quedaban expuestos a fuertes resfriados al ser despojados de sus capotes.

Se comprende que la policía tomara sus medidas para capturar de la forma que fuese al fantasma, vivo o muerto y castigarlo duramente, para escarmiento de otros, y por poco lo logró. Precisamente una noche un guarda en una sección de la calleja Kiriuchkin casi tuvo la suerte de coger al fantasma en el lugar del hecho, al ir aquél a quitar el capote de paño corriente a un músico retirado que en otros tiempos había tocado la flauta. El guarda, que lo tenía cogido por el cuello, gritó para que vinieran a ayudarle dos compañeros, y les entregó al detenido, mientras él introducía sólo por un momento la mano en la bota en busca de su tabaquera para reanimar un poco su nariz, que se le había quedado helada ya seis veces. Pero el rapé debía de ser de tal calidad que ni siquiera un muerto podía aguantarlo. Apenas el guarda hubo aspirado un puñado de tabaco por la fosa nasal izquierda, tapándose la derecha, cuando el fantasma estornudó con tal violencia, que empezó a salpicar por todos lados. Mientras se frotaba los ojos con los puños, desapareció el difunto sin dejar rastros, de modo que ellos no supieron si lo habían tenido realmente en sus manos.

Desde entonces los guardas cogieron un miedo tal a los fantasmas, que ni siquiera se atrevían a detener a una persona viva, y se limitaban sólo a gritarle desde lejos: "¡Oye, tú! ¡Vete por tu camino!" El espectro del empleado empezó a esparcirse también más allá del puente de Kalenik, sembrando un miedo horrible entre la gente tímida.

Pero hemos abandonado por completo a la "alta personalidad", quien, a decir verdad, fue el culpable del giro fantástico que tomó nuestra historia, por lo demás muy verídica. Pero hagamos justicia a la verdad y confesemos que la "alta personalidad" sintió algo así como lástima, poco después de haber salido el pobre Akakiy Akakievich completamente deshecho. La compasión no era para él realmente ajena: su corazón era capaz de nobles sentimientos, aunque a menudo su alta posición le impidiera expresarlos. Apenas marchó de su gabinete el amigo que había venido de fuera, se quedó pensando en el pobre Akakiy Akakievich. Desde entonces se le presentaba todos los días, pálido e incapaz de resistir la reprimenda de que él le había hecho objeto. El pensar en él le inquietó tanto, que pasada una semana se decidió incluso a enviar un empleado a su casa para preguntar por su salud y averiguar si se podía hacer algo por él. Al enterarse de que Akakiy Akakievich había muerto de fiebre repentina, se quedó aterrado, escuchó los reproches de su conciencia y todo el día estuvo de mal humor. Para distraerse un poco y olvidar la impresión desagradable, fue por la noche a casa de un amigo, donde encontró bastante gente y, lo que es mejor, personas de su mismo rango, de modo que en nada podía sentirse atado. Esto ejerció una influencia admirable en su estado de ánimo. Se tornó vivaz, amable; tomó parte en las conversaciones de un modo agradable, en una palabra, pasó muy bien la velada. Durante la cena tomó unas dos copas de champaña, que, como se sabe; es un medio excelente para comunicar alegría. La champaña despertó en él deseos de hacer algo fuera de lo corriente; así es que resolvió no volver directamente a casa, sino ir a ver a Carolina Ivanovna, dama de origen alemán al parecer, con quien mantenía relaciones de íntima amistad. Es preciso que digamos que la "alta personalidad" ya no era un hombre joven. Era marido sin tacha, buen padre de familia, y sus dos hijos, uno de los cuales trabajaba ya en una cancillería, y una linda hija de dieciséis años, con la nariz un poco encorvada sin dejar de ser bonita, venían todas las mañanas a besarle la mano, diciendo: *"Bonjour, papa".* Su esposa, que era joven aún y no sin encantos, le alargaba la mano para que él se la besara, y luego, volviéndola hacia afuera, tomaba la de él y se la besaba a su vez. Pero la "alta personalidad", aunque estaba plenamente satisfecho con las ternuras y el cariño de su familia, juzgaba conveniente tener una amiga en otra parte de la ciudad y mantener relaciones amistosas con ella. Esta amiga no era más joven ni más hermosa que su esposa; pero tales problemas existen en el mundo y no es asunto nuestro juzgarlos.

Así, pues, la "alta personalidad" bajó las escaleras, subió al trineo y ordenó al cochero:

—¡A casa de Carolina Ivanovna!

Envolviéndose en su magnífico y abrigado capote permaneció en este estado, el más agradable para un ruso, en que no se piensa en nada y entre tanto se agitan por sí solas las ideas en la cabeza, a cual más gratas, sin molestarse en perseguirlas ni buscarlas. Lleno de contento, rememoró los momentos felices de aquella velada y todas sus palabras que habían hecho reír a carcajadas a aquel grupo, algunas de las cuales repitió a media voz. Le parecieron tan chistosas como antes, y por eso no es de extrañar que se riera con todas sus ganas.

De cuando en cuando le molestaba en sus pensamientos un viento fortísimo que se levantó de pronto Dios sabe dónde, y le daba en pleno rostro, arrojándole además, montones de nieve. Y como si ello fuera poco, desplegaba el cuello del capote como una vela, o de repente se lo lanzaba con fuerza sobrehumana en la cabeza, ocasionándole toda clase de molestias, lo que le obligaba a realizar continuos esfuerzos para librarse de él.

De repente sintió como si alguien le agarrara fuertemente por el cuello: volvió la cabeza y vio a un hombre de pequeña estatura, con un uniforme viejo muy gastado, y no sin espanto reconoció en él a Akakiy Akakievich. El rostro del funcionario estaba pálido como la nieve, y su mirada era totalmente la de un difunto. Pero el terror de la "alta personalidad" llegó a su paroxismo cuando vio que la boca del muerto se contraía convulsivamente exhalando un olor de tumba y le dirigía las siguientes palabras:

—¡Ah! ¡Por fin te tengo!... ¡Por fin te he cogido por el cuello!

¡Quiero tu capote! No quisiste preocuparte por el mío y hasta me insultaste. ¡Pues bien, dame ahora el tuyo!

La pobre "alta personalidad" por poco se muere. Aunque era firme de carácter en la cancillería y en general para con los subalternos, y a pesar de que al ver su aspecto viril y su gallarda figura, no se podía por menos que exclamar: "¡Vaya un carácter!", nuestro hombre, lo mismo que mucha gente de figura gigantesca, se asustó tanto, que no sin razón temió de que le diese un ataque. Él mismo se quitó rápidamente el capote y gritó al cochero, con una voz que parecía la de un extraño:

—¡A casa, a toda prisa!

El cochero, al oír esta voz que se dirigía a él generalmente en momentos decisivos, y que solía ser acompañado de algo más efectivo, encogió la cabeza entre los hombros para mayor seguridad, agitó el látigo y lanzó los caballos a toda velocidad. A los seis minutos escasos la "alta personalidad" ya estaba delante del portal de su casa.

Pálido, asustado y sin capote había vuelto a su casa, en vez de haber ido a la de Carolina Ivanovna. A duras penas consiguió llegar hasta su habitación y pasó una noche tan intranquila, que a la mañana siguiente, a la hora del té, le dijo su hija:

—¡Qué pálido estás, papá!

Pero papá guardaba silencio y a nadie dijo una palabra de lo que le había sucedido, ni en dónde había estado, ni adónde se había dirigido en coche. Sin embargo, este episodio le impresionó fuertemente, y ya rara vez decía a los subalternos: "¿Se da usted cuenta de quién tiene delante?" Y si así sucedía, nunca era sin haber oído antes de lo que se trataba. Pero lo más curioso es que a partir de aquel día ya no se apareció el fantasma del difunto empleado. Por lo visto, el capote del general le había venido justo a la medida. De todas formas, no se oyó hablar más de capotes arrancados de los hombros de los transeúntes.

Sin embargo, hubo unas personas exaltadas e inquietas que no quisieron tranquilizarse y contaban que el espectro del difunto empleado seguía apareciéndose en los barrios apartados de la ciudad. Y, en efecto, un guardia del barrio de Kolomna vio con sus propios ojos asomarse el fantasma por detrás de su casa. Pero como era algo débil desde su nacimiento —en cierta ocasión un cerdo ordinario, ya completamente desarrollado, que se había escapado de una casa particular, le derribó, provocando así las risas de los cocheros que le rodeaban y a quienes pidió después, como compensación por la burla de que fue objeto, unos centavos para tabaco—, como decimos, pues, era muy débil y no se atrevió a detenerlo. Se contentó con seguirlo en la obscuridad, hasta que volvió de repente la cabeza y le preguntó:

—¿Qué deseas? —y le enseñó un puño de esos que no se dan entre las personas vivas.

—Nada —replicó el guardia, y no tardó en dar media vuelta.

EL RETRATO

PRIMERA PARTE

En parte alguna se detenía tanta gente como ante la pequeña tienda situada en el pasaje de Schukin. En efecto, esta tienda ofrecía una colección muy variada de curiosidades: los cuadros en su mayoría estaban pintados al óleo, barnizados de verde oscuro y colocados en marcos de oropel, de un amarillo subido. Un paisaje de invierno, con árboles blancos; un atardecer muy rojizo, semejante a un incendio; un campesino flamenco con pipa y un brazo dislocado, que se parecía más bien a un galápago con puños que a un hombre. Tales eran sus motivos o argumentos favoritos. A todo esto hay que agregar unos grabados, un retrato de Josev Mirza con gorro de piel de carnero y unos retratos de unos generales con tricornios y nariz aguileña.

Además, las puertas de esta clase de tiendas suelen estar llenas de obras litográficas, estampadas en grandes hojas, que dan testimonio del talento instintivo del hombre ruso. En una aparecía la zarina, Miliktrisa Kirbitievna; en otra, la ciudad de Jerusalén, a cuyas casas e iglesias se les había aplicado, sin más ni más, una pintura roja, que envolvía también una parte de la tierra, y dos campesinos rusos con manoplas en actitud de orar.

No hay muchos compradores para estas producciones, pero abundan los espectadores. Algún lacayo holgazán se detiene fácilmente ante ellas con una marmita en la mano, en la que suele llevar la comida del restaurante para su amo, quien, sin duda alguna, se ve obligado a comer la sopa no muy caliente, por causa del criado. Junto a él, se halla con dignidad algún soldado, envuelto en su capote, asiduo frecuentador del mercado, que ofrece dos cortaplumas, y una vendedora de Ojta con una caja llena de zapatos.

Cada cual se entusiasma a su manera; los campesinos, por lo general, señalan con el dedo; los caballeros suelen contemplar con aire grave; los jóvenes artesanos se ríen y se burlan unos de otros, haciendo mofa de las caricaturas; los viejos lacayos, con sus capotes de frisa, los miran para pasar solamente el tiempo, y las vendedoras, jóvenes mujeres rusas, acuden por instinto a escuchar los chismes de la gente y miran lo que miran los demás.

Por aquel entonces se detuvo, sin querer, delante de la tienda, un joven pintor, llamado Chartkov, que por casualidad pasaba por el pasaje. Su viejo capote y su traje modesto revelaban que era un hombre que se consagraba a su trabajo con abnegación y no tenía tiempo para preocuparse de su ropa, lo que siempre suele tener un misterioso atractivo para la juventud. Se paró delante de la tienda, y al principio aquellos horribles cuadros le hicieron reír. Por fin empezó sin querer a reflexionar sobre quién podría necesitar aquellas producciones. No le extrañaba que el pueblo ruso se entusiasmase por ese Jeruslan Lazarevich, comilón y bebedor, por Foma y Erioma. Los objetos representados eran perfectamente comprensibles para el pueblo. Pero ¿dónde están los compradores de esos abigarrados y sucios pintarrajos al óleo? ¿A quién podrían gustar esos campesinos flamencos, esos paisajes rojos y azules, que intentan demostrar en cierto modo un afán por alcanzar un nivel artístico superior, pero en el que se refleja su profundo fracaso y humillación?

Al parecer, aquéllas no eran las obras de un niño que pintase sin ayuda de maestro. De serlo, se hubieran manifestado algunos rasgos de ingenio en el maremágnum de inexpresivas caricaturas.

Allí no se veía más que estupidez, impotencia estética, decrepitud de talento introducido subrepticiamente en los reinos del arte; solamente en los oficios inferiores puede manifestarse esa constancia y fidelidad vocacional del temperamento ramplón que pretende llevar sus normas currinches a las moradas del arte puro.

Los colores de aquella dantesca exposición eran idénticos en todos los cuadros, como idéntico era su estilo, dimanantes ambos de un autómata toscamente constituido antes que de un hombre.

Durante mucho tiempo permaneció delante de esos sucios cuadros, y casi sin pensar en ellos. Mientras tanto, el amo de la tienda, hombre sin importancia, vestido con capote de frisa y con la barba sin afeitar desde el domingo, le hablaba con insistencia y regateaba el precio, sin saber lo que a él le gustaba y lo que iba a comprar.

—Aquí, por estos campesinos y este pequeño paisaje, no le cobraré más de un billete de banco. ¡Mire qué pintura! Salta a la vista, por decirlo así; acaban de llegar estos cuadros, y el barniz no está aún seco. Pero si no, aquí tiene un paisaje de invierno.

—¿Por qué no lo compra usted? Cuesta tan sólo quince rublos. ¡El marco solo los vale! ¡Mire qué invierno!

Aquí el comerciante tecleó ligeramente con las puntas de los dedos en el lienzo, para demostrar probablemente la calidad del invierno.

—¿Desea el señor que los ate y los mande a su casa? ¿Su dirección, por favor? Tú, muchacho, tráeme una cuerda.

—Espera, hermano, no tan de prisa —dijo el pintor, interrumpiendo sus meditaciones, al ver que el vivaz comerciante se disponía a atarlos efectivamente.

Le resultaba desagradable no comprar nada después de haber pasado tanto tiempo en la tienda, y dijo:

—Espera, a ver si encuentro aquí algo para mí.

E inclinándose empezó a levantar del suelo los viejos mamotretos cubiertos de polvo, los cuales, evidentemente, no eran muy apreciados. Allí había antiguos retratos de antepasados, cuyos descendientes, seguramente, no se podrían encontrar en el mundo entero; pinturas desconocidas, con el lienzo roto y los marcos sin dorado. En una palabra: viejos trastos. Pero el pintor se puso a examinar pensando: "Quizá se encuentre algo". Muchas veces había oído decir cómo los cuadros de los grandes artistas habían sido descubiertos a veces entre los cachivaches de una tienda.

Al ver adónde había ido a parar el pintor, el propietario se mostró menos servicial y volvió a ocupar su puesto delante de la puerta con su postura habitual, llena de dignidad, como era conveniente a su negocio, llamando a los transeúntes, a la par que señalaba con una mano su tienda.

—¡Ven acá, padrecito! ¡Hay cuadros! Pase, pase.

Se desgañitaba, pero casi siempre sin conseguir efecto alguno ni alcanzar éxito; charlando hasta no poder más con el vendedor de retales, que estaba también a la puerta de la tienda. Al fin, acordándose del comprador que estaba en el interior, dio la espalda a los que estaban en la calle y entró.

—Qué, padrecito, ¿ha escogido usted algo?

Pero el pintor desde hacía ya un buen rato permanecía inmóvil ante un cuadro, un retrato con marco grande, que en algún tiempo debiera de haber sido magnífico, pero en el que entonces apenas si brillaban los vestigios del pasado.

Representaba a un anciano con el rostro de color bronceado, delgado y con los pómulos salientes; parecía como si el artista hubiese captado sus facciones en el movimiento convulsivo y no produjesen la impresión de vigor nórdico. El ardiente Sur se reflejaba en ellos. El anciano vestía un holgado traje asiático.

Aun cuando el retrato estaba deteriorado y lleno de polvo, logró, después de haberlo limpiado, descubrir en él vestigios de la obra de un gran artista. Parecía como si el retrato estuviese inconcluso, pero el vigor del pincel era grandioso. Lo más extraño eran sus ojos. En ellos el artista parecía haber concentrado toda la fuerza del pincel y toda su habilidad. Le miraba a uno como si dijéramos saliéndose del retrato, deshaciendo toda la armonía por su singular viveza. Cuando acercó el retrato a la puerta, los ojos le miraron todavía con más fuerza. Estos ojos causaron casi la misma impresión en todos los presentes. Una mujer que se había detenido detrás de él exclamó: "¡Me mira!" Y retrocedió. El pintor experimentaba una sensación desagradable e incomprensible y colocó el retrato en el suelo.

—Qué, ¿se lleva usted este retrato? —dijo el propietario.

—¿Cuánto quieres por él? —preguntó el artista.

—No le voy a pedir mucho. Deme 75 kopeks.

—No.

—¿Cuánto entonces?

—Veinte —dijo el pintor en actitud de marcharse.

—¡Pero qué precios ofrece usted! Por 20 kopeks ni el marco se puede comprar. ¡Señor, señor, vuelva usted! ¡Ponga diez kopeks más! ¡Lléveselo, lléveselo y deme los veinte kopeks! Pues bien: si le digo la verdad, se lo doy para poder comenzar la venta, porque es usted el primer comprador.

Y al pronunciar estas palabras, hizo un ademán como diciendo: "¡Qué se le va a hacer! Perderemos el cuadro".

De esta manera, Chartkov compró inesperadamente el viejo retrato, y pensó al mismo tiempo: "¿Para qué lo habré comprado?" Pero ya era tarde. Sacó del bolsillo una moneda de 20 kopeks y la entregó al propietario de la tienda, y cogiendo el retrato debajo del brazo, se lo llevó.

En el camino recordó que los veinte kopeks que acababa de dar eran los últimos que él tenía. Sus pensamientos se tornaron más funestos, se enojó y tuvo hasta cierta sensación de indiferente vacuidad. "¡Diablos, qué mal se vive en este mundo!", pensó para sí, como piensan todos los rusos cuyos asuntos no van bien. Y malhumorado, sin darse cuenta, siguió caminando a grandes pasos. El brillo del sol poniente teñía de rojo oscuro la mitad del cielo, y sus rayos, ya tibios, bañaban aún un poco las casas que miraban a aquel lado; pero ya iba brillando con creciente intensidad el frío azulado y claro de la luna. Las semitransparentes sombras de las casas y de las personas se proyectaban en la tierra. El pintor quedó admirado del cielo, en el que brillaba una luna transparente, tenue y vaga, y se le escaparon las siguientes palabras:

—¡Qué matiz más delicado! ¡Qué pena, diablos!

Colocó más cómodamente el retrato, que se resbalaba debajo del brazo, y apresuró el paso.

Cansado y todo sudoroso, se arrastró hasta su casa, situada en la decimoquinta línea de la isla de Vasilievski. Con gran dificultad y afanosamente subió las escaleras, que estaban sucias y empapadas con agua y basura, y en las que se veían las huellas de los gatos y perros. Nadie respondió a su llamada a la puerta. El criado no estaba en casa. Se apoyó en la ventana y decidió esperar con paciencia, hasta que por fin oyó detrás de sí los pasos de un joven que vestía una camisa azul; era el *factotum*, su modelo y su moledor de colores; era el que barría el piso y el que en seguida volvía a ensuciarlo con sus botas.

Se llamaba Nikita, y durante la ausencia de su amo solía pasar todo el tiempo fuera de casa. Nikita tuvo muchas dificultades para dar con el ojo de la cerradura, poco visible, debido a la oscuridad. Por fin, se abrió la puerta. Chartkov entró en el vestíbulo, en donde hacía un frío inaguantable, como suele suceder en la mayor parte de las viviendas de los artistas, y que, por regla general, ellos no perciben. Sin entregar el capote a Nikita, pasó al estudio, habitación grande, rectangular, de techo bajo, cuyos vidrios estaban cubiertos con una gruesa capa de hielo y donde había una gran cantidad de cachivaches artísticos: fragmentos de manos de escayola, bastidores, apuntes empezados y luego dejados, y paños colgando de las sillas.

Estaba muy cansado; se quitó el capote, colocó distraído el retrato que había traído entre dos pequeños lienzos y se echó sobre un estrecho diván, del cual no se podía decir que estuviera revestido de cuero, puesto que las filas de clavitos de cobre que en otros tiempos lo sujetaban hace mucho que se habían perdido, dejando el cuero suelto, de modo que Nikita podía guardar debajo de él los calcetines negros, las camisas y toda clase de ropa sucia. Después de haberse sentado y luego extendido, si cabe la palabra, en este estrecho diván pidió una vela.

—No hay vela —dijo Nikita.

—¿Cómo que no hay vela?

—Como que ayer tampoco la teníamos —respondió Nikita.

El artista recordó que, efectivamente, ayer tampoco tenían vela. Esto le tranquilizó, y permaneció callado. Dejó que Nikita le ayudara a desvestirse y se puso un muy gastado batín.

—Vino el patrón —prosiguió Nikita.

—Claro, vino por el dinero —dijo el artista con ademán despectivo.

—Pero no vino solo —dijo Nikita.

—¿Quién más?

—No sé quién era..., posiblemente algún agente de policía.

—Y el agente de policía, ¿para qué vino?

—Ignoro con qué fin; dijo que venía porque el alquiler no estaba pagado.

—Pues no sé cómo va a acabar esto.

—Yo también lo ignoro; dijo el dueño que, si no quiere pagar, tendrá que abandonar el piso; mañana piensan volver los dos.

—Que vengan, pues —exclamó con indiferencia un tanto melancólica Chartkov, y un sentimiento triste y desolador se apoderó de él.

El joven Chartkov era un artista con talento que prometía mucho. Su pincel revelaba inspiración, talento observador y penetración y un ardiente deseo de aproximarse a la naturaleza.

—Mira, hermano —más de una vez le decía su maestro—, tienes talento. Sería un pecado echarlo todo a perder. Pero no tienes paciencia. Cualquier cosa te atrae, te gusta, y en seguida dejas todo y sólo te ocupas de ella. Lo demás ya carece de importancia, no tiene ya ningún valor para ti, ni tan siquiera lo miras. Ten cuidado de no llegar a ser un pintor moderno. Tus colores empiezan ya a ser demasiado fuertes. Tu dibujo pierde la severidad y a veces es verdaderamente débil, la línea se va esfumando; tiendes ya a los modernos efectos de la luz, a todo lo que te llama la atención a primera vista. Guárdate de no caer en el estilo de los ingleses. ¡Cuidado! El gran mundo comienza a atraerte; ya te he visto algunas veces con una de esas bufandas, el último grito, y un sombrero de lustre. Es muy tentador pintar por dinero los cuadros y retratos según la última moda. Pero eso arruina el talento en vez de desarrollarlo. Ten paciencia. Esmérate en cada uno de tus trabajos, apártate del dandismo... ¡Que corran otros tras el dinero! El tuyo no se te escapará.

El maestro tenía razón en parte. En efecto, a nuestro artista a veces le gustaba ir de juerga o presumir un poco; en una palabra, mostrar que aún era joven. Pero con todo esto, también sabía dominarse. Cuando empezaba a trabajar se olvidaba de todo y sólo interrumpía su trabajo como se interrumpe un maravilloso sueño. El gusto se pasaba rápidamente. Aún no comprendía toda la profundidad de Rafael, pero le fascinaba el ligero y amplio pincel de Guido; se detenía ante los retratos de Tiziano y se entusiasmaba con la escuela flamenca.

El velo oscuro que cubre los cuadros antiguos aún no había desaparecido del todo para él, pero ya era capaz de penetrar de cuando en cuando en ellos, aunque en el fondo no estaba de acuerdo con el maestro en que nunca alcanzaremos a los clásicos. Hasta le parecía que el siglo XIX los aventajaba en muchos sentidos, que la reproducción del natural había llegado a ser más viva y más fiel. Tenía con respecto a esto las ideas características de la juventud que comienza a comprender algo, consciente y orgullosa de ello en su fuero interno. A veces le fascinaba el ver que un pintor extranjero, francés o alemán, que a menudo ni siquiera eran pintores en el verdadero sentido de la palabra, sólo por unas pinceladas ágiles y unos colores vivos, causaba sensación y acumulaba una fortuna en poquísimo tiempo. Estas ideas no le surgían cuando quedaba absorto por el trabajo y se olvidaba de comer y de beber y de todo el mundo, sino cuando estaba o se encontraba en momentos de apuros y no tenía ni siquiera con qué comprarse pinceles ni colores, o cuando el fastidioso patrón se presentaba diez veces al día para cobrar el alquiler. Entonces, la vida del pintor rico se le aparecía con colores maravillosos en su imaginación famélica, y la idea tan familiar a la mente rusa de abandonarlo todo y de entregarse a la bebida de pena surgía en su cerebro. Ahora se encontraba casi en la misma situación.

—¡Sí, ten paciencia, ten paciencia! —exclamó con enfado—. Pero al fin se me acaba la paciencia... ¡Ten paciencia! ¿Y con qué dinero pagaré mañana el almuerzo? Nadie me lo prestará, y si yo intentara vender mis cuadros y dibujos, no me darán ni siquiera veinte kopeks por ellos. Han sido útiles para mí, lo comprendo. No he trabajado en balde, algo he aprendido en cada uno de ellos. Pero ¿para qué me sirve esto? Son esbozos, ensayos... y seguirán siendo siempre esbozos y nada más... ¿Y quién los comprará sin saber mi nombre? ¿A quién hacen falta estos dibujos copiados del clásico antiguo, estos estudios, mi Psiquis no acabada, la perspectiva de mi cuarto y el retrato de Nikita, aunque en realidad éste es muy superior a los trabajos de un pintor de moda? Y a la postre, ¿por qué me atormento y me ajetreo como un alumno con el abecedario, si podría brillar como los demás y ganar dinero como ellos?

Al decir esto, el pintor se estremeció y se quedó repentinamente pálido. Un rostro convulsivamente desfigurado le miraba desde el lienzo. Unos ojos terribles se le clavaron como si fueran a devorarle, y en sus labios hubo como una amenazadora orden de silencio. Asustado, iba a lanzar un grito y a llamar a Nikita, que estaba ya roncando a todo roncar en el vestíbulo; pero de repente se detuvo y empezó a reírse. La sensación de miedo se desvaneció en un momento: era el retrato recién adquirido y que había olvidado por completo. El resplandor de la luna que bañaba toda la pieza iluminaba también el retrato y le daba una viveza extraña. El pintor lo miró atentamente y empezó a limpiarlo. Pasó varias veces por su superficie una esponja húmeda, le lavó con sumo cuidado y le quitó casi todo el polvo y manchas que le afeaban. Lo colgó en la pared delante de él, y la extraordinaria obra le dejó todavía más asombrado. Todo el semblante parecía más atormentado, y los ojos le miraron de tal modo, que se estremeció, y retrocediendo, exclamó todo perplejo:

—Me mira, me mira como si tuviera ojos humanos.

Recordó de repente una historia que su maestro le había contado acerca de un retrato del célebre Leonardo da Vinci, un retrato que el gran maestro consideraba como no acabado, a pesar de haber trabajado muchos años en él, y que, según las palabras de Vasari, todo el mundo calificó como su obra más perfecta y más acabada. Lo más notable en él eran los ojos, que sorprendían a los contemporáneos: hasta las venas más diminutas y apenas visibles no habían sido olvidadas y figuraban en el lienzo. Pero en el cuadro que estaba delante de él había todavía algo más extraño. Eso ya no era arte, eso hasta destruía la armonía del mismo retrato. Eran unos ojos humanos, unos verdaderos ojos. Parecían haber sido quitados, arrancados de un rostro vivo e insertados en el retrato. Aquí no había el goce sublime que el alma siente ante una obra de arte, por horrible que sea el asunto representado; aquí sólo una sensación enfermiza, torturadora se apoderaba de uno.

—¿Qué es esto? —se preguntó el artista—. Es naturaleza, naturaleza viva. ¿Por qué, entonces, esta sensación tan extraña y desagradable? ¿Acaso la imitación servil y escrupulosa de la naturaleza es una falta y nos hace el efecto de un grito chillón e inarmónico? O si uno se acerca al objeto de un modo indiferente, insensible, sin ningún interés íntimo, entonces éste aparece siempre sólo en su realidad horrorosa, sin ese brillo de una idea inconcebible y oculta; realidad que se nos revela cuando, deseando descubrir lo maravilloso de la persona, nos acercamos armados de escalpelo y nos hallamos en presencia de un monstruo.

¿Por qué en un artista la naturaleza sensible y común aparece iluminada y uno no percibe esa sensación vil, sino que, por el contrario, goza de algo sublime y todo fluye de un modo más apacible y más armónico? ¿Y por qué esa misma naturaleza aparece ordinaria y sucia en otro artista, que también permanece fiel a ella? Algo falta en ella —falta precisamente este algo sublime. De la misma manera un paisaje, por muy hermoso que sea, parece imperfecto si no lo ilumina un rayo de sol.

De nuevo se acercó al retrato para contemplar y ver

esos ojos misteriosos, maravillosos, y con espanto vio realmente que le miraban. Eso ya no era una copia; era esa extraña animación que había dado vida al retrato, al rostro de un muerto que se había levantado de la sepultura. ¿Fue el claro de luna el que trajo el delirio y el ensueño, y el que da a las cosas una forma distinta a la que tienen con la luz del día? ¿O quizá fue otra la causa? El caso es que, sin saber por qué, de repente sintió miedo de quedar solo en la habitación. Se alejó del retrato silenciosamente, pasó al otro lado y procuró no mirarlo; pero sin quererlo miraba de soslayo en aquella dirección. Tuvo hasta miedo de andar por la habitación; le parecía como si alguien le siguiera, y cada media vuelta, con timidez, miraba en torno suyo. Nunca fue cobarde, pero tenía la imaginación y los nervios muy sensibles, y aquella noche él mismo no podía explicar su temor instintivo.

Se sentó en un rincón; pero allí también tuvo la sensación de que alguien le seguía mirando, por encima de los hombros, en la cara. Ni el mismo ronquido de Nikita, que se oía en el vestíbulo, podía disipar su temor. Por fin, tímidamente, sin alzar la vista, se levantó de su asiento, dio un paso detrás del biombo y se acostó. A través de las rendijas del biombo vio la habitación iluminada por la luna y el retrato colgado en la pared. Los ojos se clavaron en él de un modo todavía más horrible y significativo. Y diríase que no querían mirar a nadie más que a él. Con una sensación de profundo malestar se decidió a levantarse, tomó la sábana y acercándose al retrato lo cubrió.

Una vez hecho esto, volvió a acostarse más tranquilo y comenzó a reflexionar sobre la pobreza de la vida de un artista. Pensó en el camino sembrado de espinas que le esperaba en este mundo, y mientras tanto, sus ojos miraban sin querer a través de la rendija del biombo el retrato cubierto con la sábana. El resplandor de la luna realzaba aún más la blancura de la sábana, y le pareció que los horribles ojos brillaban a través del lienzo.

Con miedo miró fijamente, como si intentara convencerse de que todo aquello era una tontería. Pero ahora..., efectivamente..., veía, veía con toda claridad que el retrato estaba completamente descubierto y que le miraba por encima de todo. Miró como si quisiera penetrar en su interior, y sintió que el corazón se le helaba..., y súbito, repentinamente, vio al anciano moverse y apoyarse con ambas manos en el marco... Por fin, se enderezó, estiró sus piernas y saltó fuera del marco...

Por encima de la rendija del biombo ya no se observaba más que el marco vacío. El ruido de los pasos resonaba en la habitación y se aproximaba más y más al biombo. El corazón del pobre artista palpitó de manera muy fuerte. Mientras tanto, apenas si osaba respirar de miedo, esperando que el anciano no tardara en asomar la cabeza por detrás del biombo. Y, en efecto, aquél, con su rostro bronceado y sus ojos enormes, miró... Chartkov quiso gritar, pero sintió que su voz se ahogaba en la garganta; intentó moverse, hacer algún movimiento, pero se sintió paralizado.

Con la boca abierta, respirando con dificultad, contemplaba este horrible fantasma de alta estatura, vestido con una holgada casulla asiática, y esperaba su proceder. El anciano se sentó casi a sus pies y acto seguido sacó algo de entre los pliegues de su ancho vestido. Era una bolsa. El viejo la desató, la agarró por las dos puntas del fondo y la sacudió. Unos rollos pesados, que parecían largas columnas, cayeron al suelo con ruido sordo. Cada uno estaba envuelto en papel azul y llevaba la inscripción: "Mil ducados". Extendiendo sus largas y huesudas manos fuera de las anchas mangas, el anciano empezó a abrir los rollos. El oro brilló.

No obstante la penosa emoción y el miedo que le aturdía, el artista miraba fijamente el oro y observaba cómo se desenrollaba en las huesudas manos. Brillaba, tintineaba vagamente y volvía a envolverse.

De repente, vio un rollo que había caído al suelo, separándose de los demás y rodando hasta la pata próxima a la cabecera. Casi convulsivamente lo agarró y, medio muerto de miedo, miró a ver si el anciano no lo echaba de menos. Más éste parecía estar muy ocupado. Recogió sus cartuchos, volvió a meterlos en la bolsa, y sin mirar al pintor, pasó al otro lado del biombo.

Chartkov tuvo palpitaciones al oír alejarse los pasos. Apretó, estrechando fuertemente el rollo en su mano temblorosa y haciendo fuerzas con todo el cuerpo; pero de repente oyó de nuevo los pasos que se acercaban al biombo. Era evidente que el anciano se había dado cuenta de la falta de un cartucho y volvía a echar una mirada detrás del biombo. Lleno de desesperación, agarró con toda su fuerza el cartucho, hizo un supremo esfuerzo para moverse, dio un grito y se despertó.

Estaba bañado en un sudor frío. Sintió fuertes palpitaciones en el corazón y tuvo un ahogo, como si perdiera hasta la respiración.

"¿Será posible que esto sea un sueño?", se preguntaba, cogiéndose la cabeza con ambas manos. Pero ¡qué extraña vitalidad la de la aparición!, no parecía un sueño, puesto que estando ya despierto había visto al anciano salir del marco, ondear el borde de su holgado vestido y su mano sentía aún la sensación de haber tenido agarrado hacía tan sólo un minuto un pesado objeto. La luna iluminaba la habitación y hacía resaltar ya un caballete, ya una mano de yeso, ora unos paños dejados en una silla, unos pantalones o unos zapatos sin limpiar. Fue sólo entonces cuando Chartkov notó que no estaba en la cama, sino que se encontraba de pie y exactamente enfrente del retrato. ¿Cómo había llegado hasta allí? No acertaba a explicárselo. Pero le extrañó todavía más ver que el retrato no estaba cubierto. En efecto, la sábana había desaparecido. Comenzó a mirarlo inmóvil, y lleno de espanto, vio clavarse en él unos ojos vivos y humanos. Notó que la cara se le cubría de sudor frío, y nuevamente intentó marcharse, pero no pudo mover los pies. Y entonces se dio cuenta de que no era un sueño, que las facciones del anciano se animaban y sus labios formaban hocico, como para chuparle... Con un grito de desesperación dio un salto atrás y se despertó.

"¿Será posible que esto tampoco no sea más que un sueño?", se preguntaba, pasando la mano por los objetos que estaban a su alrededor, mientras su corazón palpitaba fuertemente. Estaba tendido en la cama con idéntica postura que tenía cuando se durmió. Delante de él estaba el biombo, y la luna iluminaba la habitación. Por las rendijas del biombo se veía el retrato cubierto cuidadosamente con la sábana, tal como lo tapara él mismo. ¡Habría soñado otra vez!... Pero su mano cerrada conservaba aún la impresión de tener agarrado algo. El corazón le latía con violencia y una sensación de angustia le oprimía el pecho. Atisbó a través de la rendija y sus miradas se fijaron en la sábana. Y entonces vio con toda claridad que ésta iba bajando, como si unas manos se moviesen debajo y tratasen de quitarla.

—¡Dios mío! ¿Qué es esto? —exclamó desesperado, persignándose, y se despertó—. ¡Acaso esto ha sido otro sueño!

Saltó de la cama, medio loco y aturdido, incapaz de comprender lo que le pasaba. ¿Sería una pesadilla, un delirio o una aparición llena de vida? Procurando calmarse y apaciguar la sangre que le bullía por todas las venas, se acercó a la ventana y la abrió. Una ráfaga de viento frío le dio en pleno rostro y le hizo reaccionar un poco. La claridad diáfana de la luna iluminaba todavía los techos y las blancas paredes de las casas, y, de tarde en tarde, cruzaban por el cielo unas pequeñas nubes. El silencio reinaba en todas partes, y de cuando en cuando llegaba a sus oídos el traqueteo lejano de un coche de alquiler, cuyo conductor dormitaba en algún recóndito callejón mecido por su perezoso jamelgo, en la espera de algún tardío pasajero. Chartkov estuvo mucho tiempo mirando por la ventana. En el cielo asomaban ya las señales que preceden a la aurora, cuando el artista, por fin, sintió deseos de dormir y cerró la ventana de un golpe. Se acostó y no tardó en caer en un pesado y profundo sueño.

Despertó muy tarde, con la sensación desagradable que se experimenta después de una intoxicación: tenía un fuerte dolor de cabeza. La habitación ofrecía un aspecto triste; una glacial humedad penetraba a través de las hendiduras de las ventanas, tapadas con cuadros y bastidores. Todo malhumorado y sombrío, cual gallo mojado, se sentó en el desgarrado diván sin saber qué hacer, y se acordó por fin de su sueño. Éste se había apoderado con tanta fuerza de su imaginación, que llegó a sospechar que tal vez no era sólo un sueño o un delirio, sino una auténtica visión.

Recogió la sábana y miró fijamente a la luz del día este horrible retrato. En efecto, los ojos asombraban por su expresión extraordinariamente viva; pero no pudo descubrir en ellos nada particularmente horrible; sólo quedaba en su alma una indefinible impresión angustiosa e inexplicable. Con todo, no se inclinaba a pensar que aquello había sido algo más que un sueño. Le parecía que éste encerraba un dejo horrible y de realidad. Le parecía que en la mirada misma y en la expresión del anciano había algo que revelaba que él había estado allí aquella noche. Su mano percibía aún el apretón, como si otra mano se hubiera retirado de ella sólo pocos momentos antes. Chartkov estaba convencido de que el cartucho había seguido en su mano aun después de despertarse. De haberlo agarrado aún con más fuerza, todavía estaría en su poder.

—¡Dios mío! ¡Si sólo una parte de ese dinero fuese mía! —exclamó el pintor, suspirando profundamente.

Y en su imaginación vio caer de la bolsa todos los rollos en los que se leían las seductoras palabras: "Mil ducados". Los cartuchos se abrían, el oro relucía y acto seguido tornaba a ser envuelto; mas él permaneció inmóvil, con la mirada ausente en el espacio, sin poder apartarse de aquel objeto, como un niño cuando, sentado delante de un rico manjar o un dulce delicioso, se le hace agua la boca.

Por fin, oyó que llamaban a la puerta, y eso le hizo volver en sí de un modo molesto. Entró el patrón, y con él el inspector de policía, cuya presencia, como es sabido, resulta desagradable a la gente humilde más que al rico.

El dueño de la pequeña casa donde vivía Chartkov era una de estas personas que poseen una casita en alguna parte de la decimoquinta línea de la isla de Vasilievski, o en el barrio de Petersburgo, o en algún rincón apartado de Kolemna...; era persona de las que existen todavía en gran número en Rusia y cuyo carácter es tan difícil de determinar como el color de un traje gastado.

En su juventud había sido capitán y bastante alborotador, y también había estado empleado en asuntos civiles: virtuoso de la paliza, hábil, fanfarrón y tonto. Ahora, en su vejez, todas estas notables características se fundían en cierta vaguedad. Por aquel entonces era ya viudo, había tomado el retiro y dejó de ser fanfarrón: ya no era tan presumido, y sólo le gustaba tomar el té y charlar; entre tanto, otra de sus ocupaciones consistía en dar vueltas por la habitación y despabilar la vela de sebo. Al fin de cada mes visitaba con puntualidad a sus inquilinos para cobrar el alquiler, salía a la calle con la llave en la mano para mirar el tejado de su casa y echaba repetidas veces al portero de su cuarto, adonde éste acostumbraba ir a dormir. En una palabra, era un hombre retirado, al que después de una larga vida libertina, y después de haber correteado mucho por este mundo, no le quedaban más que unas costumbres vulgares.

—Vea usted mismo, Varuj Kusmich —dijo el patrón, volviéndose al inspector de policía y haciendo un ademán expresivo—, no paga el alquiler. ¡No paga!

—Pues ¿qué quiere que haga si no tengo dinero? ¡Espere algún tiempo y ya pagaré!

—No puedo esperar, padrecito —replicó el patrón con violencia, haciendo un ademán con la llave que tenía en la mano—. El coronel Potogonkin vive ya siete años en mi casa; Ana Petrivna Bujmisterova me paga el alquiler de un henil y de una cuadra para tres caballos (¡tiene tres criados!). Ya ve usted qué inquilinos tengo. Francamente, le aseguro que en mi casa no hay esta costumbre de atrasar el pago del alquiler. Sírvase pagar en seguida o desocupar el piso.

—Debe pagar si se ha comprometido a ello —dijo el inspector, meneando levemente la cabeza y poniendo el dedo detrás del botón de su uniforme.

—Pero ¿con qué he de pagar? Ésta es la cuestión. Ahora no tengo un centavo.

—Entonces debe usted compensar a Iván Ivanovich con algunas de sus producciones artísticas —dijo el inspector— quizá acceda él a hacerse pagar el alquiler en cuadros.

—No, padrecito, te agradezco los cuadros. Si fueran cuadros de argumento noble y pudiesen colgarse en la pared..., un general, por ejemplo, con su venera, o el retrato del príncipe Kutusov; pero él pinta un *mujik* en mangas de camisa, que es su criado y le muele los colores. ¡Hacer un retrato de ese cochino!

”¡Le voy a romper los huesos! ¡Vaya bribón! Mire qué argumentos escoge. Por ejemplo, pintar su habitación. Si por lo menos hubiera pintado una habitación limpia, bien arreglada.

”¡Pero, no; tal y como está, con todo el polvo y la basura que hay en todas partes! Mire cómo ha ensuciado el cuarto. ¡Ya lo ve usted mismo! En mi casa los inquilinos viven ya siete años; un coronel, por ejemplo, y la señora Bujmisterovna Ana Petrovna... A fe mía, tengo que decirle que no hay peor inquilino que el pintor. ¡Vive como un puerco!

El pobre pintor tuvo que escuchar todo eso con paciencia. El inspector, mientras tanto, examinaba los cuadros y los bosquejos, con lo cual revelaba que tenía el alma más sensible que el patrón y no despreciaba las impresiones artísticas.

—¡Eh! —dijo, señalando con el dedo un lienzo que representaba una mujer desnuda—. El asunto es bastante picante...; y ese tipo, ¿por qué tiene debajo de la nariz una mancha negra? ¿Se ha ensuciado con el tabaco?

—Es una sombra —replicó severamente sin mirarle Chartkov.

—Se la podía haber puesto en otra parte; resulta demasiado visible debajo de la nariz —dijo el inspector—. Y ese retrato, ¿de quién es? —Prosiguió, acercándose al retrato del anciano—. ¡Es horrible! ¿Habrá sido tan terrible en realidad? ¡Dios mío!

¡Parece que lo mira a uno! ¡Qué expresión! ¿Quién ha servido de modelo para este retrato?

—Pues es un... —dijo Chartkov, pero no acabó la frase, pues se oyó un crujido.

Por lo visto, el inspector había agarrado con demasiada fuerza el marco del retrato, con la torpeza de sus manos policiales. Los listones laterales se habían roto, uno de ellos cayó al suelo, y junto con él rodó, tintineando, un rollo envuelto en papel azul. Chartkov fijó la mirada en la inscripción: "Mil ducados". Como un loco se precipitó sobre el cartucho para recogerlo, lo apretó convulsivamente con la mano, que bajó, debido a la pesada carga.

—Diríase haber oído un sonido como de dinero —dijo el inspector, que había oído caer al suelo un objeto que tintineaba, a quien la rapidez con que Chartkov acudió, impidió ver lo que era.

—Y a usted, ¿qué le importa lo que tengo?

—Me interesa, porque debe pagar en seguida el alquiler al patrón. Además, si usted tiene dinero, ¿cómo es que no quiere pagar?

—Pues bien: le pagaré hoy mismo.

—¿Por qué no quiso pagar antes? ¿Por qué molesta al patrón y a la policía también?

—Porque no quería echar mano de este dinero. Pero le pagaré todo esta noche, y mañana mismo me marcharé de este cuarto, porque no quiero vivir más en casa de semejante patrón.

—Ya ve usted, Iván Ivanovich, el pintor le pagará todo —dijo el inspector volviéndose al patrón—. Pero si esta noche no queda usted debidamente satisfecho, entonces ya verá el señor pintor...

Dicho esto, se puso el tricornio y salió al vestíbulo. El patrón le siguió con la cabeza inclinada y al parecer algo pensativo.

—¡Gracias a Dios, el diablo se los ha llevado! —dijo Chartkov al oír cerrarse la puerta del vestíbulo tras ellos.

Hubo de echar una nueva mirada al vestíbulo; mandó a Nikita a un recado, con el fin de quedarse solo, y cerró la puerta. Volvió a la habitación y, con el corazón en un hilo, empezó a desenvolver el cartucho.

¡Contenía ducados! Todos ellos nuevos, resplandecientes como el fuego... Casi enloquecido, permanecía sentado con la cabeza inclinada sobre el montón de dinero, sobre el oro, y se preguntaba una y otra vez si todo esto no sería nada más que un sueño. El cartucho contenía mil ducados, ni más o menos, y su aspecto exterior era igual al de los que había soñado. Durante unos minutos los miró, aún no pudiendo volver en sí. En su imaginación surgieron de repente todas las historias de tesoros y cofrecillos con secretos que los previsores antepasados habían dejado a sus nietos, porque estaban seguros de la futura ruina de éstos. Pensó que a lo mejor en este caso se le ocurrió al abuelo dejar el regalo a su nieto escondiéndolo en el marco del retrato de familia.

Lleno de ideas románticas, hasta empezó a pensar si existía una relación secreta entre este episodio y su destino, si la existencia de este retrato no guardaba alguna relación con su propia existencia y si el mismo acto de adquirirlo no era un indicio de algo que le estaba predestinado.

Examinó con curiosidad el marco del retrato. De un lado había una ranura tapada con una tablilla de modo tan hábil e imperceptible, que los ducados habrían estado ocultos allí durante una eternidad, si la potente y torpe mano del inspector de policía no hubiera cometido una infracción.

Contempló el retrato y volvió a admirar su perfecta ejecución y el dibujo extraordinario de sus ojos. Ya no le parecían tan horribles; no obstante, le causaron todavía una sensación desagradable.

"No —pensó—. De quienquiera que sea el abuelo, te cubriré con un cristal y te mandaré hacer un marco dorado."

Dejó caer la mano sobre el montón de oro que había delante de él, y su corazón latió aceleradamente al sentir este contacto.

"¿Qué voy a hacer con este oro? —pensó, fijando la mirada en él—. Ahora ya está mi vida asegurada, por lo menos para unos tres años; ya puedo, pues, encerrarme en mi habitación y trabajar. Tengo dinero suficiente y de sobra para colores, comida y té, y para pagar el alquiler y cubrir las demás necesidades. Ya nadie me molestará ni me estorbará. Me compraré el mejor maniquí, encargaré un torso de yeso, mandaré modelar pies, colocaré una Venus, compraré reproducciones y grabados de los mejores cuadros. Y así trabajaré durante estos tres años, pero para mí solo, sin precipitación, sin pensar en la venta; no tardaré en dejar atrás a mis colegas y podré llegar a ser un buen artista."

Así habló, de acuerdo con la razón; pero en su fuero interno sonaba otra voz más sonora. Sus veintidós años y su impetuosa juventud ansiaban otra cosa. Ahora tenía en su poder todo lo que había mirado con ojos envidiosos, lo que admiraba de lejos, mientras se le hacía la boca agua.

¡Ah! Cómo palpitó su brioso corazón al pensar sólo en ello, ante la idea de poder ponerse un moderno frac, de cometer excesos por fin, después del ayuno prolongado, de alquilar un bonito cuarto, de ir en seguida al teatro, a la confitería aun..., etcétera, etcétera. Se metió el dinero en el bolsillo, y a los pocos segundos ya estaba en la calle.

Fue, en primer lugar, a una sastrería, donde se equipó de pies a cabeza, mirándose continuamente como un niño; compró perfumes y cremas. Después alquiló, sin regatear, el primer piso de lujo que encontró en la perspectiva Nevski, con espejos y vidrios de luna. Adquirió en una tienda, al parecer y sin querer, unos impertinentes caros y un sinnúmero de corbatas, muchas más de las que necesitaba. Se hizo ondular el pelo en una peluquería. Sin objeto alguno dio dos vueltas por la ciudad. Se atiborró de bombones en una confitería y luego fue a un restaurante francés; hasta entonces no conocía más que uno, llamado el "Imperio Chino". Todo esto lo hizo en coche. Allí comió orgulloso, echando miradas altivas, y se atusó repetidamente el cabello ondulado delante del espejo, y se bebió una botella de champaña, que conocía hasta entonces tan sólo de oídas.

El vino le mareó un poco, y salió a la calle un tanto achispado, como se dice en Rusia: *"Ni hermano del mismo diablo"*. Cual petimetre se paseó por la acera, mirando a todo el mundo a través de sus impertinentes. En el puente encontró a su ex maestro, y pasó rápido junto a él, como si no le hubiera visto, de modo que éste quedó inmóvil durante largo rato, con una expresión interrogante en su rostro.

Aquella misma noche mandó traer a su piso, a su magnífico piso, todas sus cosas: el caballete, los cuadros y los lienzos. Colocó en los lugares donde saltaba a la vista todo lo que tenía valor, y lo demás lo tiró en un rincón, y mirándose siempre en los espejos, dio vueltas por sus elegantes habitaciones. En su alma nació un deseo irresistible de coger la fama por los cabellos y darse a conocer a todo el mundo. Ya le parecía oír exclamaciones como éstas: "¡Chartkov, Chartkov! ¿Vio usted el cuadro de Chartkov? ¡Qué talento tiene Chartkov!" Entusiasmado, daba vueltas por su habitación, dejando volar su imaginación.

Al día siguiente se presentó con una docena de ducados al director de un periódico de gran circulación, para solicitarle su generosa ayuda. El periodista le recibió con suma amabilidad, le trató de "distinguido", le estrechó ambas manos y le preguntó con detalles sobre su nombre, apellido y dirección... Y al día siguiente se publicó en el periódico —inmediatamente después de un anuncio de velas de sebo recién hechas— un artículo con el siguiente título: "El talento excepcional del pintor Chartkov".

"Nos apresuramos a dar a los habitantes cultos de la capital la buena nueva de una revelación magnífica y sensacional en todos los sentidos. Todos convienen en que hay entre nosotros muchas fisonomías encantadoras y rostros de singular belleza; pero hasta ahora no había medio de trasladarlos al lienzo para la posteridad. Ahora se ha suplido esta falta. Ha surgido entre nosotros un artista que reúne todo cuanto necesitamos. De hoy en adelante toda mujer hermosa puede estar firmemente convencida de poderse hallar reproducida en el retrato con toda la gracia de su belleza céltica, fina, encantadora y fascinante, cual mariposa que revolotea por las flores primaverales.

"El respetable padre de familia se verá rodeado de los suyos; el comerciante, el militar, el burgués, el hombre de Estado, todos seguirán su carrera con redoblado afán. Apresuraos, apresuraos a acudir todos los que estáis en el paseo público o de visita en casa de un amigo o de una prima, o los que estáis en una tienda elegante, o dondequiera que sea. El estudio magnífico del pintor (perspectiva Nevski número...) está repleto de retratos, y son obras dignas de un Van Dyck o de un Tiziano. No se sabe qué admirar más: si la semejanza con los originales o el vigor e ímpetu del pincel. ¡Dichoso de ti, artista mío; te sonríe la fortuna! ¡Viva Andrei Petrovich! (Se ve que al periodista le gustaba mucho la familiaridad.) Cúbrenos y cúbrete de gloria eterna... Sabemos apreciar en lo justo. Un enorme éxito, y con él la fortuna —aunque algunos periodistas se opongan a ello—, será tu premio...

Con íntimo placer leyó el artista este artículo; se puso radiante. La prensa habló de él; era algo completamente nuevo para el artista. Releyó varias veces estas líneas. La comparación con Van Dyck y Tiziano le lisonjeó mucho; también le agradó lo de "¡Viva Andrei Petrovich!". Se le llamaba en papel impreso por su nombre y apellido, homenaje que hasta entonces para él era completamente desconocido. Empezó a dar vueltas rápidas por la habitación y a pasarse los dedos por el cabello; se sentaba en la butaca, se levantaba de repente para ir a sentarse en el diván, figurándose continuamente cómo recibiría a los visitantes. Se acercaba al lienzo para dar una pincelada atrevida, procurando que la mano hiciera movimientos graciosos.

Al día siguiente llamaron a la puerta, y Chartkov se apresuró a abrir. Una dama, acompañada de un lacayo, vestido con una librea forrada de piel, y de su joven hija de dieciocho años, entró en el estudio.

—¿Es usted *monsieur* Chartkov? —preguntó la dama. El artista se inclinó.

—Escriben mucho sobre usted; dicen que sus retratos son la cumbre de la perfección.

Después de estas palabras, la dama, llevando a sus ojos unos impertinentes, paseó rápidamente su mirada por las desnudas paredes.

—Y ¿dónde están sus cuadros, sus retratos?

—No los he traído todavía —respondió el pintor turbándose levemente—. Acabo de instalarme en esta casa. Están por llegar.

—¿Ha estado usted en Italia? —preguntó la dama, y dirigió sus impertinentes sobre el pintor, por falta de otro objeto para sus observaciones.

—No, no he estado allí; pero me gustaría ir... Ahora por el momento lo dejo para más tarde... Aquí tiene una butaca... ¿No está usted cansada?

—Gracias; he estado sentada mucho tiempo en el carruaje.

¡Ah! Por fin veo su trabajo —dijo acercándose a la pared frontera y mirando a través de sus impertinentes los bosquejos, dibujos, perspectivas y retratos arrimados a la pared—. *Cest charmant! Lise, Lise, venez-ici!* Una habitación al estilo de Teniers. Mira: el desorden, una mesa sobre la que está un busto, una mano, una paleta, allí hay polvo. Mira cómo está pintado el polvo. *Cest charmant!...* ¡Eh! Aquí otro lienzo. Una mujer que se lava la cara... *Quelle jolie figure!* ¡Ah, un campesino! ¡Lise, Lise, un campesinito con camisa rusa! Mira: un campesinito. Entonces, ¿no pinta usted sólo retratos?

—¡Ah! Es una tontería..., me divertía..., unos bosquejos...

—Dígame. Por favor, su opinión sobre los retratistas contemporáneos. ¿Verdad que ya no hay nadie como Tiziano? Ya no existe esa fuerza, ese colorido..., ese... ¡Qué lástima que no pueda expresarme en ruso! (La dama era aficionada a la pintura, y armada de sus impertinentes, había recorrido todas las galerías de pintura de Italia). ¿Y *monsieur* Nol?... ¡Cómo pinta! ¡Qué pincel tan extraordinario! Yo opino que en sus rostros hay todavía más expresión que en los de Tiziano. ¿No conoce usted a *monsieur* Nol?

—¿Quién es Nol? —preguntó el pintor.

—¿*Monsieur* Nol? ¡Ah, qué talento! Pintó un retrato de mi hija cuando tenía doce años. Tiene usted que visitarnos sin falta... Lise, tienes que enseñarle tu álbum. ¿Sabe usted? Hemos venido para que usted comience en seguida un retrato de Lise.

—En el acto estaré preparado.

En un instante acercó el caballete, cogió la paleta y fijó su mirada en la pálida carita de la hija. Si hubiera sido conocedor de la naturaleza humana, en un momento hubiera leído en este rostro los primeros síntomas de pasión infantil por los bailes y el torturador descontento por el largo tiempo, antes y después de la comida; el deseo de correr en un paseo y las consecuencias deprimentes de su interés fingido por las diferentes artes a que la madre la encaminó por fuerza, para la cultura y educación de sus sentimientos.

Pero el pintor no vio en aquel rostro delicado más que una tentadora tarea para su pincel; una transparencia casi como de porcelana, un cuerpo lleno de languidez, leve y encantador; un cuello fino y una silueta grácil y aristocrática. Se preparó de antemano para un triunfo, para revelar el ímpetu y el brillo de su pincel, que hasta entonces se había ensayado sólo en los toscos rasgos de modelos ordinarios, en rígidas obras de la antigüedad y en copias de unos cuantos clásicos. Ya se imaginaba cómo iba a salir esta delicada carita.

—¿Sabe usted?... —dijo la dama con expresión casi conmovedora—. Yo quisiera... Ella lleva ahora un vestido... Yo le confieso, a mí me gustaría que ella no llevase un vestido al cual estamos acostumbrados. Me gustaría que usase un vestido sencillo, y que estuviese sentada a la sombra de un árbol..., con un prado en el fondo y en lontananza, un rebaño que se aleja; para que no pareciese que iba a un baile o a una velada de moda... Francamente, nuestros bailes matan el alma y destruyen hasta el último vestigio, hasta el último resto de sentimiento... Lo que quiero es más sencillez, más sencillez...

Desgraciadamente, en los rostros de la madre y de la hija se podía leer que las dos estaban tan cansadas de bailar en las fiestas, que parecían de cera.

Chartkov puso manos a la obra, colocó a su modelo, reflexionó sobre todos los detalles, trazó con el pincel unas líneas en el aire, fijó los puntos de orientación, entornó un ojo, retrocedió un paso, miró a la joven desde lejos y comenzó a hacer un esbozo que terminó en una hora. Contento de su color, emprendió la ejecución propiamente dicha. La creación le arrebató. Lo había olvidado todo, hasta la presencia de las aristocráticas damas, y mostró de cuando en cuando sus hábitos de artista profiriendo toda clase de sonidos y tarascando, como suele hacer un artista cuando se consagra con toda su alma a su obra. Sin ningún cumplido, a una señal de su pincel, hacía a su modelo alzar la cabeza, hasta que éste acabó por moverse mucho y demostrar fatiga.

—Basta ya; para la primera vez es suficiente —dijo la dama.

—Un poco más —respondió el artista, entusiasmado.

—No, no; ya está bien, ya es la hora. Lise, son las tres —dijo la dama, sacando un pequeño reloj sujeto al cinturón por medio de una cadena de oro, y exclamó ¡Ay, qué tarde!

—¡Un momento más!... —insistió Chartkov, con la voz suplicante de un niño.

Pero la dama no estaba dispuesta a corresponder aquella vez a su deseo artístico, prometiéndole quedarse más tiempo en otra ocasión.

"¡Qué fastidio! —pensó Chartkov—. Mi mano acababa de tomar impulso."

Y entonces recordó que nadie le molestaba ni le impedía continuar cuando trabajaba en el estudio de la isla de Vasilievski. Nikita solía permanecer inmóvil en el mismo sitio, hasta que se quedaba dormido en la postura deseada. Descontento y malhumorado, puso el pincel y la paleta en la silla y permaneció en pie delante de la tela.

Un cumplido de la distinguida dama despertó de su sueño al meditabundo. Corrió hacia la puerta a acompañar a las damas; en la escalera recibió la invitación para ir a comer a su casa la semana siguiente, y todo contento volvió a su habitación. La aristocrática dama le había fascinado... Hasta entonces él había considerado a esta clase de personas como algo inasequible para él, como seres que habían nacido solamente para ir en suntuosos carruajes con criados de preciosas libreas y elegantes cocheros, y pasar luego volando y echando tan sólo una mirada indiferente sobre el joven vestido con un capote modesto que caminase a pie.

Ahora, de improviso, uno de esos seres había venido a verle; él pintaba su retrato y estaba invitado a comer en una casa aristocrática. Una satisfacción extraordinaria se adueñó de él; estaba ebrio de alegría, y se concedió en premio a su buen humor una comida opípara, un espectáculo en el teatro por la noche y otro paseo en carruaje por la ciudad, sin rumbo fijo.

Durante todos aquellos días no pensaba en su trabajo diario, no se ocupaba más que en preparativos, y esperaba el momento en que solía sonar la campanilla. Por fin volvió la dama aristocrática con su pálida hija. Les ofreció asiento, acercó el lienzo, y ya, con pretensiones de persona de buenos modales, se puso a trabajar. El día de sol y la buena iluminación le ayudaron mucho. Descubrió en su vaporoso modelo gran cantidad de detalles que, una vez pasados al lienzo, podían dar mucho mérito al retrato.

Vio que era posible crear algo extraordinario, si era capaz de representarlo todo en forma tan perfecta, como ahora se lo presentaba el natural. Su corazón empezó a palpitar cuando sintió que podía expresar algo que otros no habían advertido aún. El trabajo le absorbió, se consagró a él, olvidando nuevamente el origen aristocrático de su modelo. Con emoción vio que iban asomando en el lienzo los rasgos delicados y el cuerpo casi diáfano de la joven de diecisiete años. No se le escapó ni el más fino matiz; reparó en el suave tono amarillento, en la sombra azulada debajo de los ojos, apenas perceptible; hasta estaba por marcar un pequeño granito en la frente, cuando, de repente, oyó a su lado la voz de la madre.

—Pero ¿qué es eso? ¡Eso no hacía falta! Aquí hay algunas partes muy amarillas, y eso... también me parecía ver unas manchas oscuras.

El pintor le explicó que precisamente esas manchas y ese tono amarillento estaban muy bien, y que causaban en el rostro la impresión de matices agradables y finos. Pero le contestaron que aquéllos no eran matices, que no tenían nada de bonito y que sólo se trataba de una impresión suya.

—Déjenme por lo menos aplicar aquí un poco de amarillo —rogó el artista con aire ingenuo.

Pero eso no se le permitió. La madre le había dicho que aquel día Lise estaba un poco de mal temple, y dijo que su tez nunca tenía un tono amarillo y que, por el contrario, sorprendía por el colorido fresco. Con pena borró el artista todo lo que su pincel había hecho resaltar en el lienzo.

Desaparecieron muchos rasgos, casi imperceptibles, y con ellos se eliminó en parte el parecido. Con indiferencia comenzó a dar al retrato el colorido convencional, que se presenta de un modo mecánico y que pone en el rostro pintado del natural un aire de realidad fría. Pero la dama estaba muy contenta de que se hubiera eliminado por completo el ofensivo colorido. Se mostró sorprendida de que su trabajo se realizara con tanta lentitud, y añadió que había oído decir que él podía hacer un retrato completo en dos sesiones. El pintor no supo qué contestarle. Las damas se levantaron dispuestas a irse. El artista puso el pincel en la paleta, las acompañó hasta la puerta y luego permaneció largo rato pensativo en el mismo sitio ante el retrato.

Le contemplaba absorto, mientras ante sus ojos desfilaban los delicados rasgos femeninos, las sombras vaporosas y los matices que había captado y que luego su pincel destruyera tan despiadadamente. Embriagado por ellos, apartó su retrato y sacó de un rincón la cabecita de Psiquis que estaba sin acabar y que esbozara hacía mucho tiempo.

Era una carita dibujada con gracia, pero puramente ideal y fría, que mostraba sólo rasgos generales y aún no coronaba un cuerpo viviente. Para hacer algo se puso a marcar con el pincel lo que con aguda vista había notado en el rostro de su aristocrática visitante. Las líneas, matices y tonalidades concebidos por él fueron tomando la forma sublime bajo la cual se presentaban al artista, cuando éste, suficientemente compenetrado con la naturaleza, se aleja de ella y crea una obra que la iguala.

La Psiquis fue reviviendo, y la idea apenas perceptible, poco a poco, se revistió de carne. El carácter de la joven aristócrata se comunicó a la Psiquis, y de tal modo tomó una expresión peculiar, que pudo hacerla acreedora al nombre de la obra verdaderamente original. El artista, aprovechando, por decirlo así, los detalles y el conjunto, todo lo que le brindaba el original, se encariñó con su trabajo. Durante varios días no se ocupaba más que de esta obra, y la llegada de las conocidas damas le sorprendió en este trabajo. No le quedó tiempo para quitar la pintura del caballete. Las dos damas dieron un alegre grito de asombro.

—¡Lise, Lise!... ¡Ah, qué parecido! *Superbe, superbe!* ¡Qué idea tan maravillosa de pintarla con el traje griego! ¡Ah, qué sorpresa!

El artista no sabía cómo decirles que estaban en un error.

Azorado, con la cabeza inclinada, dijo en voz baja:

—Es Psiquis.

—¿De Psiquis? *C'est charmant!* —dijo la madre sonriendo, y la hija sonrió igualmente.

—¿No crees, Lise, que te va muy bien estar de Psiquis? *Quelle idée délicieuse!* Pero ¡qué trabajo! ¡Es un Correggio! Lo confieso, he leído artículos sobre usted y oí hablar de su arte, pero ignoraba que poseyera tal talento. Sin falta tiene que hacer también mi retrato.

Por lo visto, la dama tenía la intención de presentarse también como una Psiquis...

"¿Qué voy a hacer yo con ellas? —pensó el artista—. Si quisiera, podría hacer pasar la Psiquis por lo que les guste." Y dijo en voz alta:

—Sírvanse sentarse un momento. Voy a dar un pequeño toque.

—¡Ah! Temo que usted..., puede ser que... Ahora es tan parecida...

Pero el artista se dio cuenta de que los temores se referían tan sólo al tono amarillo, y las tranquilizó diciéndoles que no iba a hacer más que dar a los ojos un poco más de brillo y de expresión. Pero, en realidad, estaba avergonzado. Quería, por lo menos, acentuar más el parecido con el original, para que nadie pudiera reprocharle su descaro. Y, en efecto, en el rostro de Psiquis fueron apareciendo con mayor nitidez los rasgos de la pálida joven.

—Basta —dijo la madre, temiendo que el parecido fuera demasiado excesivo.

El artista fue recompensado espléndidamente con una sonrisa, dinero, cumplidos, cordiales apretones de manos, convite a las comidas; en una palabra, le colmaron de un millar de atenciones lisonjeras. El retrato causó sensación en la ciudad. La dama lo mostró a sus amigas; todo el mundo admiró el arte con que el pintor había sabido conservar el parecido y dar belleza al original. Este último detalle fue admirado con envidia, y el pintor de repente se vio abrumado de trabajo. Parecía que toda la ciudad quería hacerse retratos por él. La campanilla de la puerta sonaba a cada momento. Este éxito podía beneficiar su arte, ya que implicaba mucha práctica por la gran diversidad de rostros. Pero, desgraciadamente, acudía gente nada fácil de trabajar, gente presurosa, ocupada o que pertenecía a la alta sociedad, y que, por consiguiente, estaba más que ocupada y sumamente impaciente.

La única cosa que exigían era la de que realizase una obra de mérito y lo más rápidamente posible.

El pintor no tardó en darse cuenta de la imposibilidad de trabajar con esmero. Era necesario sustituir las características definidas por pinceladas ligeras; fijar sólo el conjunto, la expresión general, y ocuparse de detalles particulares y sutiles. En una palabra, comprendió que no podía permitirse reproducir la naturaleza en toda su perfección.

Además, es necesario agregar que casi todos sus modelos manifestaron aún otros deseos. Las damas exigían que, sobre todo, el alma y el carácter se destacasen en los retratos, y en cambio, en ciertas circunstancias, atribuyese menos importancia a otros rasgos, que redondeasen todos los ángulos y disimulasen o suprimiesen, si fuera posible, todos los defectos. En una palabra, que el rostro provocase hasta admiración.

De ahí que cuando se presentaban para posar mostraban en sus rostros una expresión tal, que el artista quedaba asombrado. Una se esforzaba por reflejar en su cara cierta melancolía, otra adoptaba actitud soñadora, la tercera quería a todo trance que su boca pareciera más chica, y la ponía de tal manera, que ésta se transformaba en un punto que no era más grande que la cabecilla de un alfiler. A pesar de todo, le exigían el parecido y la garbosa naturalidad.

Los caballeros no eran mejores que las damas. Uno quería ser representado con la cabeza en actitud vigorosa, enérgica: otro, con los ojos espiritualizados y levantados; un teniente de la guardia exigía que Marte destellara en sus miradas; un funcionario civil se empeñó en poner en la expresión de su rostro toda la rectitud y generosidad que podía, apoyando la mano en un libro con el título visible: *Siempre he abogado por la verdad*.

Al principio, estas exigencias hicieron que la frente del artista se cubriera de sudor; había que ponderar bien todo aquello, y se le daba muy poco tiempo. Por fin, comprendió lo que tenía que hacer, y ya no se confundió. Dos, tres palabras bastaban para enterarle de cómo quería ser representado cada uno. A quien tenía deseos de Marte, le daba un aspecto marcial; a quien le atraía Byron, le daba actitud byroniana. No le importaba que las damas desearan aparecer como Carina, Ondina o Aspasia; consentía en cualquier cosa, y por propio impulso atribuía a cada una un cúmulo de perfecciones, arbitrariedad que no puede hacer daño y a cambio de la cual se perdona al artista la falta de parecido. Pronto él mismo quedó asombrado por la soltura y rapidez de su pincel. Más se comprende que los retratados estuvieran encantados, y le calificaran de genio.

Chartkov llegó a ser el pintor de moda. Comenzó a asistir a las comidas, a acompañar a las damas a las galerías y aun a fiestas, a vestir como un petimetre y a afirmar en voz alta que un artista debe formar parte de la sociedad y respetar su condición; que, por regla general, los pintores vestían como zapateros, tenían modales groseros, no sabían conservar el buen tono y carecían de cultura.

En la casa, en el estudio exigía la más escrupulosa pulcritud. Tenía dos elegantes lacayos, unos alumnos presumidos; cambiaba de traje varias veces al día y se hacía ondular el pelo. Se esforzaba en perfeccionar sus modales para cuando recibía las visitas; atribuía la mayor importancia al aseo para causar la mejor impresión posible a las mujeres.

En una palabra, apenas si se podía reconocer en el artista al modesto que trabajaba ignorado de todos en su choza de la isla de Vasilievski. Ya no emitió más que arrogantes juicios sobre los artistas y sobre el arte. Afirmó que se atribuía demasiados méritos a los maestros del pasado, que todos, hasta Rafael, habían creado no hombres, sino arenques, y que la opinión de que había algo de sagrado en ellos existía sólo en la imaginación del público. Además, decía que el mismo Rafael no sólo había producido obras perfectas, que muchos cuadros suyos eran célebres sólo en virtud de la tradición. Declaró en voz alta que Miguel Ángel era un presumido que quería impresionar sólo por medio de sus conocimientos de anatomía, no teniendo gracia alguna, y que sólo en la época actual se encontraba un brillo auténtico y el verdadero vigor del pincel y del colorido. Aquí, como es natural, hablaba sin querer de él mismo. No comprendía, decía, por qué la gente se afana tanto. "El que durante varios meses seguidos trabaja en un cuadro, no es artista; a mi parecer, no es más que un jornalero. No puedo creer que tenga talento. El genio crea con audacia y rapidez..."

—Este retrato —decía, volviéndose hacia los visitantes—, lo hice en dos días; esta cabecita, en uno solo; ésta, en pocas horas, y aquélla, en poco más de una hora. No, confieso francamente que no puede considerarse como arte una obra creada a fuerza de trabajo meticuloso. Eso es oficio y no arte.

Así hablaba a sus visitantes, y éstos admiraban el vigor y la rapidez de su pincel, y por medio de exclamaciones expresaban su asombro al oír en cuán poco tiempo habían sido creadas las obras, y más tarde se lo contaban a otros.

"¡Es un talento, un verdadero talento! ¡Miren cómo habla, cómo brillan sus ojos! *Il a quelque chose d'extraordinaire dans toute sa figure!*"

Semejantes palabras lisonjeaban al artista. Cuando se le elogiaba públicamente en los periódicos, se alegraba como un niño, aunque había comprado estos elogios con dinero contante y sonante. Llevaba consigo una hoja de periódico y la mostraba, sin querer, a todos sus amigos y conocidos, y éste era su mayor deleite en toda su ingenuidad. La fama crecía y los encargos aumentaban. Y hasta comenzó a hastiarse de los retratos y rostros, siempre iguales, cuya actitud y expresión se le hacía rutinaria. Y pintaba sin gran entusiasmo, empeñándose sólo en perfilar la cabeza, dejando la ejecución a sus discípulos. Antes, por lo menos, procuraba expresar algo nuevo en sus retratos: sorprender por una actitud, por el rigor del pincel o por ciertos efectos. Eso también le fue aburriendo. La meditación continua y la búsqueda de muchas cosas le fatigaron la mente.

El género de vida desordenada y la sociedad en que pretendía llenar el papel de vividor le apartaron absolutamente del trabajo y del pensamiento. Su pincel se volvió frío y torpe, y repitiéndose siempre, aunque realmente los rostros de los funcionarios militares y civiles tan fríos, uniformes y relamidos, no ofrecían más posibilidades.

Se le habían olvidado por completo los lienzos magníficos, los movimientos y las pasiones violentas. Perdió de vista las soluciones de los conflictos tremendos y se movió exclusivamente en ambiente de fraques, uniformes y corsés, ante el cual el artista experimenta una sensación de frío y desaparece la imaginación.

Empezaron a cundir los indiferentes ante sus producciones, sobre todo entre los entendidos.

Muchos, que conocían a Chartkov desde hacía años, no podían comprender cómo pudo desaparecer el talento que se había revelado en él al principio de su carrera, y en vano procuraban adivinar cómo pudo apagarse un don tan extraordinario cuando aún no había alcanzado su plenitud.

Pero el artista, ebrio de sus éxitos, no oyó aquellas manifestaciones. Ya iba entrando en los años en que uno se vuelve más concienzudo; fue engordando y criando carnes. En los diarios y revistas se podían leer epítetos como los siguientes: "Nuestro venerado Andrei Petrovich. Nuestro respetable..." Le ofrecieron cargos honoríficos, le invitaron a exámenes y le eligieron miembro de diferentes comisiones. Optó decididamente, como suele suceder en la edad madura, por Rafael y por los antiguos maestros, no porque estuviese convencido de sus grandes méritos, sino sólo porque en ellos tenía arma ofensiva contra los pintores más jóvenes.

Ya empezaba, como los señores de edad, a reprochar a toda la juventud su inmoralidad y su torcida ideología. Y comenzó a creer que todo sucedía en el mundo de modo simple, y que no había inspiración, y que todo debía estar sujeto a un régimen riguroso, al orden y a una regularidad monótona. En resumen, había entrado en los años en que toda impetuosidad que jamás pulsara en una persona va desapareciendo; cuando los sonidos del arco mágico llegan sólo amortiguados al alma y no envuelven ya el corazón en tonos conmovedores; en que el beso de la belleza ya no convierte la energía virgen en fuego y llamas...; pero en la que todos los sentimientos se muestran más accesibles al tintineo del oro, escuchan cada vez con más atención su música seductora, se le someten imperceptiblemente y se dejan arrullar por ella. La fama no puede causar placer a quien la ha usurpado y no es acreedor a ella; sólo al que es digno le llena siempre de deliciosos estremecimientos.

Y de esta manera todos sus sentimientos y deseos comenzaron dirigiéndose al oro. El oro llegó a ser para él pasión, ideal, deleite y finalidad. En sus cajones fueron amontonándose paquetes de billetes de banco, y lo mismo que todos aquellos a quienes cae en suerte este terrible regalo, se fue convirtiendo poco a poco en un aburrido avaro sin razón, indiferente hacia todo, necio, accesible solamente al oro; coleccionista desatinado, ya se iba volviendo estrafalario, como los que hay en gran número en nuestro mundo sin alma y a los que mira horrorizado el hombre bondadoso y sensible, porque parecen ataúdes de piedra que se mueven con un muerto en vez de corazón. Pero pronto un suceso extraño hubo de agitar y conmover su vida.

Un día vio sobre su mesa una carta en la que la Academia de Bellas Artes le rogaba, en su calidad de apreciado miembro, que fuese a emitir su dictamen sobre una obra nueva enviada desde Italia por un artista ruso que vivía en aquel país para perfeccionarse. Dicho artista era uno de sus antiguos amigos que desde joven se había apasionado por el arte y se había concentrado en el trabajo con alma fogosa; se había separado de sus amigos y de sus parientes, se apartó de todas las gratas costumbres y se marchó a un país donde el cielo maravilloso hace madurar el arte, a la majestuosa Roma, cuyo nombre hace palpitar violenta y aceleradamente el brioso corazón del artista. Allí se absorbió, cual ermitaño, en su obra y se abandonó al estudio, del cual nada le apartaba. Poco le importaba que censurasen su carácter, que criticaran que no era mundano y que despreciaba las formas convencionales, que humillaba al gremio de artistas por su traje modesto y pasado de moda; no le importaba que sus colegas estuviesen enojados o no con él; había renunciado y sacrificado todo en favor del arte. No se cansaba de frecuentar las galerías y permanecer durante horas enteras ante las obras de los grandes maestros estudiando su maravilloso pincel. No acababa ninguna obra sin antes haberse examinado delante de aquellos grandes maestros y haber obtenido de sus obras consejo mudo y elocuente.

Nunca tomaba parte en las conversaciones ni discusiones, no se declaraba ni en favor ni contra los juristas, sino que les reconocía a todos, sabiendo descubrir lo bello, y, por fin, tomó como maestro único y exclusivo al divino Rafael, de la misma manera que un gran poeta que conoce ya tantas y tan diversas obras, llenas de encanto y majestuosa belleza, acaba por admitir la *Ilíada* de Homero como libro preferido y más grande de todas las obras poéticas después de haber descubierto en ella cuanto se puede exigir de una obra de arte en que todo refleja suma perfección. Formándose así, adquirió una extraordinaria fuerza creadora, una grandiosa belleza de pensamiento y el sublime encanto de un pincel celestial.

El entrar en el salón, Chartkov encontró enorme número de visitantes congregados ante el cuadro. Un silencio profundo, como rara vez acontece entre los numerosos críticos, reinaba en la sala. Se apresuró a darse aire de importancia y de conocedor, y se acercó al cuadro. Pero, Dios mío, ¡qué fue lo que vio!

Pura y maravillosa como una novia, se presentaba ante él la obra del artista, humilde, divina, inocente y sencilla, como el genio mismo parecía estar por encima de todo. Era como si las figuras celestiales bajasen púdicamente los maravillosos párpados asombrados de tantas miradas fijas en ellas. Allí parecía estar reunido todo: la escuela de Rafael, que se revelaba en la elevación y nobleza de la actitud, y la de Correggio, que se manifestaba en la perfección del pincel. Pero lo más grandioso de todo era la fuerza creadora que obraba en el alma del artista. El más mínimo detalle del cuadro estaba impregnado de ella; había en todo una severidad y una energía espiritual; cada rasgo dejaba ver la redondez de las líneas, que es tan propio de la naturaleza y que ve sólo el ojo de un artista creador, puesto que siempre parece angulosa en el copista.

Se notaba que el artista había encerrado en su alma todo cuanto tomaba del mundo exterior para más tarde hacerlo brotar de esa fuente espiritual como cántico solemne y armonioso. Y aun los no entendidos vieron con toda claridad el abismo que existe entre una creación de arte y la simple copia del natural. Era casi imposible describir el profundo silencio que se apoderó de todos mientras solemnemente admiraban el cuadro. Mas el efecto sublime del cuadro se fue intensificando por momentos. Radiante y cual milagro inconcebible se separó de todo lo terrenal para transformarse en un instante en un fruto de una idea inspirada al artista por el cielo, al cual toda la vida humana no sirve más que de preparación. Las lágrimas casi brotaban en los ojos de los visitantes que rodeaban el cuadro; pareció que todas las concepciones artísticas, todas las atrevidas tendencias estéticas desordenadas se habían reunido en un himno mudo en alabanza de la obra divina.

Con la boca abierta, Chartkov permaneció inmóvil ante el cuadro; poco a poco los visitantes y admiradores comenzaron a conversar en voz alta sobre el mérito de la obra y se dirigieron a él con el fin de que les diera su opinión. Volvió en sí e intentó aparentar indiferencia como de costumbre, y se disponía a hacer una crítica corriente y habitual, como a todos los artistas anteriores. Se proponía decir: "Sí; en realidad no se puede negar talento al pintor; es indiscutible que hay algo. Se ve que el artista quiso expresar algo; no obstante, lo que se refiere al punto esencial..."

Y acto seguido iba a añadir unas alabanzas tales, que dudamos fueran provechosas para cualquier artista. Iba a hacerlo, mas no pudo; las palabras murieron en sus labios, y en cambio, las lágrimas y los sollozos brotaron salvajemente de su pecho, cual única respuesta, y salió corriendo como un loco.

Durante un minuto permaneció inmóvil y estupefacto en el centro de su magnífico estudio. Todo su ser, toda su vida revivieron en él en un instante, como si hubiera vuelto su juventud, como si los destellos apagados de su talento lograran reanimarse. De repente, le cayó la venda de los ojos. ¡Dios mío, cómo pudo echar a perder de este modo los mejores años de su juventud! ¡Cómo había podido destruir y apagar el destello que quizá había ardido en su alma, que tal vez se hubiera desarrollado magnífica y hermosa, y que también habría arrancado ahora lágrimas de asombro y gratitud! ¡Cómo había podido destruirlo tan despiadadamente! Pareció como si en aquel momento despertara en su alma todo el anhelo impetuoso que en otros tiempos experimentara. Cogió el pincel y se acercó al lienzo. El esfuerzo hizo que su rostro se cubriese de sudor frío; el pintor se transformó en un solo deseo, poseído de una sola idea. Quería representar un ángel caído. Esta idea era la que mejor correspondía con su estado de ánimo; pero, ¡ay!, todas sus figuras, todas sus posturas, grupos e ideas resultaban amanerados y faltos de naturalidad. Su pincel y su imaginación estaban ya demasiado acostumbrados a las medidas y al impulso, incapaces de pasar los límites y desprenderse de las trabas que se había impuesto él mismo y le indujeron a cometer incorrecciones y errores. Había prescindido de la larga escuela de conocimientos que pueden adquirirse sólo poco a poco, y de las primeras leyes fundamentales de la gran ciencia futura.

Estaba sumamente disgustado. Hizo sacar de su estudio todas sus últimas creaciones, los cuadros de moda sin alma, los retratos de húsares, damas y consejeros de Estado. Se encerró en su habitación y dio órdenes de no dejar pasar a nadie y se consagró al trabajo. Se puso a trabajar como un adolescente, lleno de paciencia, como un alumno; ¡ay!, pero qué flojo resultó todo lo que produjo su pincel. La ignorancia de las reglas fundamentales le hacía detenerse a cada paso. Aquel sencillo e insignificante mecanismo que se había adueñado de él entibió sus ímpetus. Y se levantaba como un obstáculo insuperable para su imaginación. El pincel volvía automáticamente a las viejas formas, las manos volvieron a tomar una misma posición, la cabeza no se atrevía a permitirse una postura original, los pliegues de los vestidos se negaban a amoldarse a la nueva actitud del cuerpo. Y Chartkov lo sentía, lo sentía y lo veía él mismo.

"Pero ¿es que tuve en realidad talento? —llegó a preguntarse—. ¿No me habré engañado a mí mismo?"

Diciendo esto, fue a buscar sus obras anteriores, que había creado con tanta pureza, sin un átomo de codicia, allí, en su mísera isla de Vasilievski, lejos de los hombres, de los placeres y de todas las ambiciones. Ahora se acercó a los cuadros y púsose a contemplarlos con atención, a la par que surgía en su mente el recuerdo de su vida anterior, tan miserable.

—Sí... —murmuró desesperado; tenía talento.

En todos los sitios descubrió vestigios y testimonios de ello.

Se paró de repente y un estremecimiento le corrió por todo el cuerpo. Su mirada se cruzó con unos ojos inmóviles en él clavados. Era el extraordinario retrato que había comprado en el pasaje Schukin. Durante todo aquel tiempo había estado escondido detrás de los cuadros de moda y se le había olvidado por completo. Pero ahora que habían sido sacados todos los retratos y cuadros modernos que llenaban su estudio, aparecía junto a las obras de su juventud. Al recordar la extraña historia de este retrato, al acordarse de que este extraño retrato era en cierto modo la causa de su transformación, y de que el caudal que recibió de un modo tan milagroso había despertado en él todas aquellas inquietudes y aspiraciones que echaron a perder su talento, estuvo a punto de volverse loco de rabia. Mandó inmediatamente llevar fuera el odioso retrato.

Pero eso no bastó para calmar aquella agitación interna que había hecho presa en él. Todos sus sentimientos, todo su ser se conmovieron en lo más hondo y conoció entonces el terrible tormento, que sólo muy raras veces ocurre en la naturaleza, cuando un talento flojo se esfuerza en dar de sí más de lo que es capaz de producir y no logra expresarse como quiere; tormento que si estimula a un joven y hace brotar en él lo sublime, tortura en vano, con ardiente sed de producir, al que ya es demasiado viejo para soñar; ese tormento que hace que un hombre sea capaz de cometer atrocidades...

Una envidia terrible se apoderó de él, una envidia que rayaba en la locura. Se volvía lívido de rabia al ver una obra que llevaba el sello del talento, y sus dientes rechinaron mientras lo devoraba con la mirada. En su alma despertaron las intenciones más infernales que jamás hayan existido en el hombre, y con energía frenética se lanzó a ejecutarlas. Empezó a comprar todo lo mejor que se producía en el arte. Cada vez que adquiría un cuadro de precio elevado, lo llevaba cuidadosamente a su habitación y con la furia de un tigre se abalanzaba sobre él y lo destrozaba, lo rompía en miles de pedazos, pisoteándolo después sin dejar de prorrumpir en carcajadas llenas de júbilo. La enorme fortuna que poseía le facilitaba todos los medios para satisfacer este deseo satánico. Nunca ningún monstruo ignorante destruyó tantas magníficas obras de arte como este furioso loco vengador.

En todas las subastas a las que asistía, los demás abandonaban de antemano toda esperanza de conseguir una obra de arte. Diríase que la ira del cielo había mandado a propósito al mundo aquel horrible monstruo hecho hombre, deseoso de privarlo de toda armonía. Esta horrible pasión comunicó a su tez un extraño color bilioso. El odio terrible al mundo y la hostilidad se reflejaron en su rostro. Parecía haber encarnado en él ese horrendo demonio que Pushkin ha descrito de un modo ideal. De su boca no salían más que frases llenas de veneno y ásperas palabras de crítica. Pasaba por la calle como una arpía y todos sus conocidos trataban de evitarlo al verle de lejos, asegurando que su encuentro bastaría para envenenarles el resto del día.

Afortunadamente para el mundo y para el arte, una vida tan insólita y violenta no podía durar mucho. Las dimensiones de sus pasiones eran demasiado enormes y exageradas en comparación con sus pocas fuerzas para que pudiera resistirlas. Los ataques de rabia se hicieron más numerosos y terminaron por fin en una enfermedad terrible. Le atacó una fiebre altísima, seguida de una tisis fulminante de curso tan rápido, que a los tres días no quedó de él más que una sombra. Además, a esto vinieron a añadirse todos los síntomas de una locura incurable. A veces varios hombres no bastaban para sujetarle.

Empezaron a aparecérsele los ojos vivos del extraño retrato, y entonces padecía terribles accesos de rabia. Todas las personas que rodeaban su cama le parecían horrendos retratos que se duplicaban. Le parecía que todas las paredes estaban cubiertas de retratos que clavaban en él sus ojos vivos e inmóviles. Estos cuadros terribles le miraban desde el techo y desde el suelo; la habitación se ensanchó y se extendió hasta lo infinito para dar cabida a un número cada vez más grande de ojos inmóviles. El médico que se había comprometido a asistirle y que había oído hablar de su extraña historia, puso todo empeño en averiguar la misteriosa relación que existía entre las alucinaciones que padecía y los acontecimientos que tuvieron lugar en su vida; mas sin éxito alguno. El enfermo no comprendía ni sentía nada, a no ser su tormento; sólo dejaba oír palabras incoherentes y lanzaba terribles gritos. Por fin exhaló el último suspiro en un postrer y mudo estallido de dolor. Su cadáver tenía un aspecto terrible. No hallaron nada de sus fabulosas riquezas; pero cuando encontraron los trozos de las obras de arte, cuyo valor ascendía a muchos millones, comprendieron el uso que había hecho de ellas.

SEGUNDA PARTE

Una multitud de carrozas, *droykas,* carruajes se hallaban parados delante de una casa donde se subastaban todos los objetos que pertenecieron a uno de esos ricos del arte, que absortos ante céfiros y cupidos, se pasaron toda la vida dormitando dulcemente y logrando la fama de mecenas, sin quererlo, gastando para ello los millones heredados de sus padres o que quizá habían ganado ellos mismos con su trabajo en otros años. Ya se sabe que hoy día no existen semejantes mecenas. Hace tiempo que nuestro siglo XIX ha adoptado la aburrida figura de un banquero, que disfruta de sus millones sólo en forma de números escritos en papel.

La enorme sala estaba llena de una pintoresca multitud de personas que habían acudido, como las aves de presa, sobre un cadáver insepulto. Había un grupo de comerciantes rusos del Gosttinyi-Dor, e incluso del mercado de viejo, vestidos con trajes azules a la alemana. Su aspecto y la expresión de su rostro traducían firmeza y desenvoltura. Y no reflejaban ese fastidioso servilismo tan propio del comerciante ruso cuando atiende a su comprador en su tienda. Pero allí no guardaban mucha compostura y delicadeza servil, a pesar de que en la sala había también muchos aristócratas, ante quienes en otra ocasión hubieran estado dispuestos a quitar, con sus reverencias y saludos, el polvo que trajeron en sus propias botas. Aquí se hallaban muy desenvueltos, y manoseaban por las buenas los libros y cuadros, deseosos de averiguar la calidad de la mercancía y discutiendo osadamente los precios que los condes entendidos ofrecían.

Había también muchas personas de esas que asisten a las subastas, como quien va al restaurante. Estaban también los aristócratas amigos del arte, que nunca pierden la ocasión de enriquecer su colección, y que de doce a una no tienen otra cosa que hacer, y, por último, tampoco faltaban aquellos honorables caballeros cuyos trajes no rebosan de dinero en los bolsillos y que acuden todos los días, sin ninguna finalidad egoísta, sólo para ver cómo acabaría la subasta, quién iba a dar más, quién menos, quién sobrepuja a otro, y a quién, por fin, sería adjudicado el objeto.

Muchos cuadros se hallaban tirados en desorden, y junto con ellos se veían muebles y libros con las iniciales del expositor, que quizá no tuvo nunca el deseo o propósito de hojearlos. Había jarrones de estilo chino, tableros de mármol, muebles modernos y antiguos, con arabescos, grifos, esfinges y zarpas de león; lámparas, arañas y quinqués con dorado o sin él; todo se hallaba amontonado, y el orden que suele haber en los almacenes brillaba por su ausencia. El conjunto representaba un caos de arte. Por lo general, al asistir a una subasta experimentamos una sensación de horror, parecida a la que nos causa un entierro. La sala donde se efectúa la subasta es siempre lúgubre; muebles y cuadros se amontonan ante las ventanas y sólo dejan penetrar poca luz; el silencio que hay en todos los rostros y la voz sepulcral del subastador que da golpes con el martillo y dice misas en honor de las pobres artes reunidas allí de un modo tan extraño; todo esto contribuye a intensificar aún más lo desagradable de la impresión.

La subasta parecía estar en pleno apogeo. Un grupo bastante numeroso de personas bien vestidas y apiñadas daba señales visibles de agitación. En todas las partes se oían las palabras "rublos, rublos"... Y no daba tiempo al subastador para repetir el precio que ya había salido llegando al cuádruple del ofrecido al principio. Los circunstantes se hallaban muy agitados a causa de un retrato que no podía dejar de interesar a todo el que entendiera algo de pintura. El cuadro llevaba el sello visible del genio. El retrato había sido restaurado ya varias veces, y representaba los rasgos oscuros de cierto asiático de cara ancha y de extraña expresión; pero lo que más asombró a los circunstantes fue la extraordinaria viveza de los ojos. Cuanto más los miraba uno, tanto más parecían penetrarlo. Esta particularidad esta creación del artista llamó la atención de casi todas las personas. Muchos de los asistentes desistieron ya de la adquisición del retrato, porque pedían por él un precio exorbitante. Sólo quedaron dos conocidos aristócratas, amigos del arte, que no querían por nada del mundo renunciar a la adquisición del retrato. Se acaloraron, y seguramente habrían llegado a dar un precio imposible por él si uno de los presentes no hubiera dicho de repente:

—Les ruego que suspendan por un momento su discusión. Quizá tenga yo más derechos que cualquier otro sobre este retrato.

Estas palabras hicieron confluir sobre él la atención de todos los presentes. Era un hombre esbelto, de unos treinta y cinco años y de rizada cabellera negra, que llevaba bastante larga. Tenía una cara agradable, en la que se reflejaba cierta amable despreocupación y revelaba un alma ajena a todas las agotadoras agitaciones sociales.

Su traje no revelaba las menores pretensiones de vestir según la moda, y todo en él denotaba al artista. Y, en efecto, era el pintor B., a quien conocían muchas de las personas allí presentes.

—Por muy extrañas que les parezcan mis palabras —prosiguió al ver que se había atraído la atención general—, quizá ustedes mismos podrán ver que yo tenía derecho a pronunciarlas si se resuelven a escuchar este pequeño relato. Todo me confirma que éste es precisamente el retrato que busco.

Se comprende muy bien que en todos los rostros se leyese la misma curiosidad, e incluso el subastador se quedó boquiabierto, con el martillo levantado. Al principio del relato las miradas de muchos de los asistentes se dirigieron insistentemente al retrato, mas luego se fueron fijando en el narrador a medida que el relato se volvía más interesante.

—Todos ustedes conocen la parte de la ciudad que se llama Kolomna —empezó diciendo—. Ésta no se parece en nada a los demás barrios de San Petersburgo. Este barrio no recuerda ni la capital ni la provincia, y al que va allí parece que le abandonan todos los deseos e ímpetus juveniles. Allí nada habla del porvenir, todo está tranquilo y retirado, como un refugio, contra el ajetreo de la capital. Allí buscan su retiro los funcionarios, las viudas y las personas de modestos recursos que están relacionados con el Senado y que por eso se han condenado a vivir durante casi toda su vida en este barrio. Viven en Kolomna cocineras retiradas que se pasan el día empujándose en los mercados y charlando en las tiendas con el dependiente, que compran todos los días el café por cinco kopeks y azúcar por cuatro, y, por fin, se ven allí esa clase de personas que podemos calificar con el término de "cenicientas", individuos cuyo traje, rostro, cabellos y ojos son de color apagado, ceniciento, como un día en que ni hay tormenta ni hace sol; en una palabra, que no es ni chicha ni limonada. Una niebla lo envuelve todo y quita los contornos a todas las cosas. Pueden incluirse en esta categoría los acomodadores de teatro y los consejeros titulares que han tenido el retiro, y también los adeptos de Marte que tienen un ojo vacío y los labios hinchados. Todos ellos son personas que carecen de temperamento, caminan sin prestar atención a cuanto les rodea y permanecen callados sin pensar en nada. En sus habitaciones no suele haber gran cosa; su nobleza consiste a menudo sólo en un jarro de legítima vodka rusa, que beben a sorbitos durante todo el día, sin que se les suba a la cabeza, lo cual ocurre, por lo general, sólo después de un gran trago, como suele permitírselo los domingos un joven artesano alemán, el matón de la calle Meschanskaia y dueño absoluto de la acera, pero después de pasada la medianoche.

"La vida de Kolomna transcurre de lo más solitaria; raras veces aparece un coche, a no ser el que lleva a unos actores, y cuyo traqueteo y chirrido es lo único que rompe el silencio que allí reina. Allí todos son peatones, los coches pasan a menudo lentamente sin sus ocupantes, o llevan heno para su velludo jamelgo; allí se puede encontrar una vivienda por sólo cinco rublos mensuales, incluido el desayuno. Las viudas que viven de una pequeña renta son en este barrio las personas más distinguidas. Son señoras de buenos modales que acostumbran barrer sus habitaciones y conversar con sus vecinas sobre los precios elevados de la ternera y del repollo. Suelen tener una hija joven, criatura silenciosa y sumisa, a veces bastante bonita, así como un asqueroso perrito y un reloj de pared con péndulo de melancólico tictac. Después vienen los actores, cuyo sueldo no les permite mudarse de Kolomna a otra parte, gente muy libre, que, como todos los artistas, sólo vive para gozar. Permanecen sentados en batas componiendo una pistola o haciendo con cartón y engrudo toda clase de cosillas de uso doméstico, juegan a las damas o a las cartas con algún viejo amigo que viene a verles y por la tarde sus ocupaciones no suelen variar gran cosa; a lo sumo, toman a veces un ponche.

"Después de estos magnates y aristócratas de Kolomna, no vienen más que la chusma y la gente de la más baja escala social. Describirlos resultaría igual de difícil que enumerar la cantidad de insectos que germinan en el vinagre estancado. Hay ancianas que rezan, las hay que rezan y beben a la vez, y otras también se las arreglan como pueden y que, como laboriosas hormigas, llevan desde el puente de Kalinkin al mercado de viejo ropa y trapos viejos para venderlos allá a quince kopeks... En una palabra, el residuo más miserable de la humanidad, cuya situación no podría mejorar ni el político social más humanitario.

"He mencionado a todas estas personas con el solo fin de demostrarles cuántas veces se encuentra esta gente en la necesidad de recurrir a una ayuda repentina y temporal, es decir, a pedir un préstamo. Y, efectivamente, entre todos esos tipos se encuentra una clase especial de usureros que les prestan pequeñas cantidades de dinero sobre prendas a intereses muy elevados. Estos pequeños usureros suelen ser mucho más insensibles y despiadados que los grandes, porque nacen en la pobreza que exhibe públicamente sus miserias y andrajos, y que desconoce el rico usurero, que sólo trata con personas que vienen a verle en coche... Y por eso, muy pronto en sus almas se extinguen toda clase de sentimientos humanitarios.

"Entre estos usureros había uno... Pero haría bien en decirles antes que el suceso que les voy a referir tuvo lugar el siglo pasado, en el reinado de la difunta zarina Catalina. Ustedes mismos comprenderán que el aspecto exterior de Kolomna, tanto como la vida interior de ese barrio, han cambiado mucho de entonces. Había, pues, entre los usureros uno que se había establecido desde hacía mucho tiempo en aquella parte de la ciudad y que era extraordinariamente extraño en todos los aspectos. Vestía una amplia túnica asiática y tenía una tez morena que denotaba su origen meridional, pero nadie podía saber con certeza de qué nación era en realidad; si era hindú, griego o persa. Su estatura, alta, casi gigantesca; el rostro moreno, delgado y tostado; la tez, indefinible y hermosa, y el extraño fulgor de sus enormes ojos con cejas oscuras y muy pobladas le diferenciaban claramente de todos los cenicientos habitantes de la capital.

"También su casa se destacaba de entre las demás barracas de madera. Era de piedra, como las que solían construir en otros tiempos los mercaderes genoveses, con ventanas de forma irregular, todas ellas de tamaño diferente y provistas de persianas y postigos de hierro.

"Este usurero se diferenciaba de los demás por el sencillo hecho de que estaba en condiciones de prestar cualquier suma, empezando por una vieja mendiga y acabando por cualquier magnate derrochador de la Corte. Delante de su casa paraban a veces lujosos carruajes, a cuya portezuela asomaba a ratos la cabecita de una elegantísima dama del gran mundo. Corría el rumor de que sus cofres de hierro estaban llenos de infinidad de dinero, tesoros, diamantes y diferentes prendas; pero que, por cierto, no era tan codicioso como los demás usureros. Prestaba gustoso su dinero y, al parecer, fijaba intereses aceptables y muy cómodos para sus clientes; mas por medio de extrañas operaciones aritméticas hacía ascender los intereses a sumas excesivas. Por lo demás, se decía de él... Pero lo que más nos llamó la atención, y lo que no podía dejar de sorprender a todos, era el extraño destino de todos los que recibían su dinero a préstamo. Todos ellos murieron de la manera más terrible. No se llegó a saber si fueron sólo habladurías o chismes absurdos de personas supersticiosas, o rumores difundidos intencionadamente. Sin embargo, unos cuantos ejemplos que se desarrollaron en poquísimo tiempo ante los ojos de todo el mundo fueron decisivos.

"Entre los aristócratas, por aquel entonces, no tardó en llamar la atención un joven de una de las mejores familias, que, de adolescente, se había distinguido en la carrera de Estado. Era un ardiente admirador de todo lo elevado y lo sublime, celoso defensor del trabajo intelectual y del arte; en una palabra, hombre que prometía llegar a ser un mecenas. No tardó en ser elegido por la misma zarina, que le confió un importante cargo conforme con sus propios deseos y pretensiones, un puesto donde podía hacer mucho por las ciencias y, en general, mucho bien.

"El joven magnate se rodeó de artistas, poetas y sabios. Quiso proporcionarles trabajo a todos, patrocinarles en la medida de sus fuerzas. Editó a sus expensas muchas obras de mérito, hizo muchos encargos y ofreció muchos premios; así que gastó una cantidad enorme de dinero y no tardó en verse en un apuro. Pero, animado de los mejores propósitos, no quiso desistir de lo que se había empeñado. Trató de obtener préstamos en todas partes y, por último, acudió al famoso usurero. Recibió una suma considerable; pero al poco tiempo se operó en él un cambio radical: se convirtió en perseguidor y opresor de todos, del progreso intelectual y artístico. En todas las obras acudía en seguida el lado crítico e interpretaba mal cualquier palabra inofensiva.

"En aquel tiempo, por desgracia, estalló la revolución francesa, y este acontecimiento le sirvió de instrumento para hacer un sinfín de acciones ruines. Empezó a ver en todo tendencias revolucionarias, en todo descubría alusiones. Se volvió tan receloso, que acabó por desconfiar de sí mismo. Hizo una serie de abominables e injustas denuncias que hundieron en la desgracia a gran número de personas. Es natural que los rumores de semejante conducta llegasen hasta el trono. La magnánima emperatriz quedó horrorizada, y su nobleza y generosidad, lo que constituía la más hermosa diadema de las testas coronadas, le dictaron unas palabras que, aunque no nos han sido transmitidas, quedaron grabadas, por su profundo sentido, en el corazón de muchas personas. La zarina dijo que no eran los regímenes monárquicos los que reprimen los ímpetus sublimes del alma, ni los que desprecian y persiguen las obras intelectuales, la poesía y las artes, sino que, por el contrario, los monarcas eran sus protectores, y así, bajo su generosa protección, nacieron un Shakespeare, un Molière, mientras que Dante no podía encontrar lugar para vivir tranquilamente en su patria republicana. Los verdaderos genios se expansionan sólo en las épocas gloriosas de reyes y reinas, y no durante horribles acontecimientos políticos y repúblicas terroristas, que hasta ahora no habían dado al mundo ni un solo poeta. Declaró que era necesario recompensar a los poetas y a los artistas, ya que ellos sólo proporcionaban paz y sosiego al alma, sin causar jamás inquietudes y disturbios. Los sabios, los poetas y todos los artistas creadores eran las perlas y los diamantes de las coronas imperiales; ellos adornan y realzan aún más el esplendor de la época de un gran soberano.

"La emperatriz, al pronunciar estas palabras, estaba divinamente hermosa. Recuerdo que los ancianos no pudieron retener sus lágrimas al hablar de ello. Todos mostraron el más vivo interés por el asunto. En honor a nuestro orgullo nacional, debo observar que en el corazón de un ruso siempre alienta el generoso deseo de tomar el partido de los oprimidos. El magnate que abusó de tal forma de la confianza que se había puesto en él, recibió un castigo ejemplar y fue relevado de su cargo. Pero el castigo que más le afectó fue el desprecio general que leía en los rostros de sus conciudadanos. Difícilmente se podría describir cómo sufrió su alma vanidosa. El orgullo, la ambición engolada y sus esperanzas frustradas, todos estos sentimientos juntos contribuyeron a promover horribles ataques y excesos de locura que acabaron con su vida.

"Otro caso sorprendente también tuvo lugar ante los ojos de todo el mundo. Entre tantas hermosas mujeres que había entonces en nuestra capital del Norte, una aventajaba a todas las demás. La unión de los encantos de nuestra belleza del Norte con los del Sur había dado lugar a un ser maravilloso, una piedra preciosa de las que rara vez se encuentran en el mundo. Mi padre confesó que jamás en la vida había visto algo semejante. Parecía reunirlo todo: riqueza, inteligencia y belleza del alma. Los pretendientes eran numerosísimos; pero entre todos los jóvenes, el más noble e interesante era el príncipe R. Se destacaba por su hermosa figura, su carácter generoso y caballeresco, supremo ideal de todas las mujeres, verdadero héroe de novela. En una palabra: un 'Grandison' bajo todos los conceptos.

"El príncipe R. estaba locamente enamorado y era correspondido con igual ardor. Pero a los parientes les pareció aquel matrimonio desigual. Las heredades de la familia del príncipe ya no eran suyas, y toda la familia había caído en desgracia, por lo que nadie ignoraba sus dificultades económicas. De repente, el príncipe dejó la ciudad por algún tiempo, al parecer con el propósito de arreglar sus asuntos, y al cabo de este lapso pareció nuevamente ostentando lujo y esplendor increíbles. Sus brillantes fiestas y bailes no tardaron en hacerle famoso en la Corte. El padre de la joven empezó a mostrarse menos recalcitrante, y al poco tiempo se celebraron en la ciudad unas bodas que llamaron la atención de todos.

"De dónde procedía el cambio y cuál era la fuente de la riqueza del novio, nadie podía asegurarlo; pero empezaron a correr rumores de que se había puesto de acuerdo con el misterioso usurero y obtenido de él un cuantioso préstamo. Sea como sea, el caso es que esa boda interesó a todo el mundo. Tanto el novio como la novia eran objeto de numerosas envidias.

"Nadie ignoraba el amor apasionado y ferviente que se profesaban, y tampoco se ignoraba con qué paciencia tuvieron que esperar. En todas partes se les apreciaba por sus elevadas cualidades. Las mujeres apasionadas se imaginaban ya las paradisíacas delicias que aguardaban a los recién casados.

"Pero todo sucedió de un modo totalmente distinto del que se esperaba. En el curso de un solo año se operó en el marido un cambio terrible. Su carácter, hasta entonces tan generoso e intachable, se volvió corroído por el veneno de la duda y de los celos, se mostró impaciente, terriblemente exigente. Se convirtió en un verdadero tirano, y siempre torturaba a su mujer, y no vaciló en cometer las ruindades más atroces, cosa que nadie hubiera podido imaginar en él; hasta llegó a golpearla.

"Al cabo de un año ya no se reconocía a la mujer, que hacía poco aparecía resplandeciente, rodeada de un sinfín de fieles admiradores. Finalmente, incapaz de aguantar más tiempo su terrible destino, mencionó en la primavera el divorcio. Pero su marido, sólo de pensarlo, se volvió loco de rabia. En un ímpetu de furia penetró en la habitación de su mujer armado de un cuchillo, y no cabe duda de que la habría matado si no le hubieran retenido a tiempo. En un arrebato de desesperación, se clavó el arma y pereció después de terribles sufrimientos.

"Además de estas dos cosas conocidas de todos, se habló de muchas otras que ocurrieron entre las clases humildes, y que habían tenido casi todas un desenlace terrible. Hombres de bien se convirtieron en borrachos perdidos; hubo dependientes que se pusieron a robar a sus amos; un cochero de punto, que durante muchos años había servido honradamente, apuñaló a un pasajero por unos centavos. Se comprende que todas estas historias que se contaban, no sin exageración, bastaran para esparcir cierto terror instintivo entre los habitantes de Kolomna. Nadie dudaba de que aquel hombre tuviera un pacto con el demonio. Se decía que ofrecía unas condiciones tan horripilantes, que los pelos se levantaban de punta al pobre cliente, y después el desgraciado nunca se atrevía a comunicarlas a otra persona. Que su dinero tenía una extraña composición, que relucía solo y que poseía extrañas señales; en una palabra: muchos rumores, y lo significativo era que todos los habitantes de Kolomna, todo ese mundo de ancianas pobres, de pequeños empleados y de artistas de mala muerte, en resumidas cuentas, toda esa pobre gente que acabamos de describir prefería soportar toda su miseria que pedir un préstamo al terrible usurero; más aún, había pobres ancianas que se morían de hambre, y que preferían, no obstante, matar el cuerpo a perder el alma. El que se lo encontraba en la calle se sentía invadido por un temor instintivo. Los peatones volvían atrás al divisarlo, y seguían largo rato con la mirada la gigantesca figura que desaparecía a lo lejos. Su aspecto sólo denotaba algo extraordinario, y todos tenían la impresión de hallarse ante un ser sobrenatural. Aquellos rasgos muy marcados, esculpidos rígidamente como rara vez se ven en una persona, aquella tez bronceada, las cejas tan extraordinariamente tupidas, los ojos terribles con su irresistible mirada, e incluso los anchos de su túnica asiática, todo contribuía a hacerle pensar a uno que ante las pasiones que se cobijaban en aquel ser, las de los demás quedaban eclipsadas.

"Mi padre, siempre que se encontraba con él, se quedaba inmóvil y no podía por menos de exclamar:

"—¡El diablo! ¡Es el diablo en persona!

"Pero ahora debo presentarles a mi padre, que es el protagonista de esta historia. Mi padre era un hombre excepcional en muchos aspectos. Era uno de estos artistas que se dan raras veces, o un artista que aprendió por sí solo y que, sin ayuda de ningún maestro ni dirección de escuela alguna, halló en su alma las leyes y reglas del arte. Animado sólo por el deseo de perfeccionarse, seguía siempre el camino que su espíritu le señalaba por razones que quizá él mismo ignorase. Se trataba de uno de esos prodigios que los contemporáneos califican a menudo con el ofensivo epíteto de 'persona inculta', una de esas personas que no se desaniman ante los críticos ni la mala suerte, sino que ello les comunica nuevo ardor e ímpetu, y que luego dejan muy atrás las obras que le valieron el título ya mencionado, gracias a un sentido íntimo y sutil de lo sublime. Conocía por intuición la presencia de una idea en cada objeto, y logró comprender por sí solo el significado de las palabras 'pintura de historia'. Comprendió por qué una sencilla cabeza, un retrato de Rafael, Leonardo da Vinci, Tiziano y Correggio pueden obtener este calificativo, mientras que un cuadro de asunto histórico de gigantescas dimensiones no podía ser más que un *tableau de genre*, a pesar de todas las pretensiones de su autor, que pretende haber creado una obra que merece la calificación arriba mencionada. Por su inclinación se dedicó a temas cristianos, último grado de lo sublime. No era ambicioso ni susceptible, como suelen serlo muchos artistas. Era un hombre de carácter recto, hasta diríase algo tosco, honrado, duro, que por fuera tiene una apariencia áspera y cuya alma no estaba exenta de orgullo, y que, no obstante, hablaba de su prójimo con una severidad teñida de benevolencia.

"—¿Por qué he de pensar en ellos? —solía decir—. ¡Si no trabajo para ellos! ¡Si no pienso llevar mis cuadros a un salón para que los admiren! Quien me comprenda me estará agradecido. Las personas del gran mundo no entienden nada de pintura; en cambio, entienden algo de naipes, de vinos y de caballos. Y ¿para qué necesita saber más un *barín*? Y si alguna vez se le ocurre probar de todo y quiere hacerse el ingenioso, entonces no habrá quien lo soporte. Cada cual que se ocupe de lo suyo. Yo prefiero aún una persona que confiesa que no entiende nada, a un hipócrita que finge entender algo de lo que no tiene ni la menor idea, y que sólo daña y estropea.

"Aceptaba el trabajo por precios muy módicos, con tal de que permitiesen mantener a su familia y seguir trabajando. Además, nunca se negaba a ayudar a nadie, y gustoso prestaba auxilio a un colega pobre. Había conservado la fe sencilla y piadosa de nuestros antepasados, y quizá por eso lograba dar con facilidad a los rostros que pintaba esa sublime expresión a la que en vano aspiran tantos artistas brillantes y de talento.

"Trabajando continuamente sin apartarse jamás del camino que se había señalado, se granjeó por fin el respeto incluso de aquellos que antes le habían llamado 'persona inculta'. Siempre recibía encargos de pintar para las iglesias, y el trabajo no le faltaba nunca. Uno de aquellos encargos le tuvo muy preocupado. Ya no recuerdo bien el asunto. Sólo sé que en el cuadro había de ser representado el espíritu del mal. Mucho tiempo estuvo pensando en la forma que le daría; deseaba que su rostro reflejase el peso terrible y la pena que gravitaban sobre el hombre. A veces, en su imaginación surgía la imagen del misterioso usurero, lo que le hacía pensar involuntariamente:

"—Éste sí que me serviría bien de modelo para pintar al demonio.

"Figúrense ustedes cuál sería su asombro cuando un día que estaba trabajando en su estudio oyó llamar a la puerta y acto seguido entró el terrible usurero. Un involuntario estremecimiento le recorrió todo el cuerpo.

"—¿Eres pintor? —preguntó a mi padre sin rodeos.

"Lo soy —respondió mi padre asombrado, esperando lo que iba a suceder.

"—Pues bien: haz mi retrato. Puede que muera pronto. No tengo hijos y no quiero morir sin dejar ningún rastro. Quiero sobrevivir. ¿Puedes hacerme un retrato en donde parezca que estoy vivo?

"Mi padre pensó: 'No puedo pedir nada mejor; él mismo se me ofrece como modelo de diablo para mi cuadro'.

"Mi padre le prometió hacerle el retrato. Se pusieron de acuerdo en cuanto al tiempo y al precio, y al día siguiente mi padre fue a su casa con los pinceles y la paleta. El patio altísimo, los perros, las puertas de hierro, los cerrojos, las ventanas ojivales, los cofres cubiertos con tapices rarísimos, y por fin, el mismo dueño, tan extraño, que permanecía sentado, inmóvil, delante de él, todo contribuyó a causarle una extraña impresión. Diríase que las ventanas habían sido a propósito tapadas en la parte inferior, de modo que dejaban pasar la luz sólo desde arriba. '¡Diablos! ¡Qué bien iluminada está ahora su casa!', pensó para sí, y empezó a pintarle con avidez, al parecer, temeroso de que desapareciese aquella luz favorable. '¡Qué fuerza! —Volvió a repetir para sus adentros—. Si lograra representarle, aunque no del todo, como está ahora, eclipsaría a todos mis santos y ángeles, que parecen muertos y sin vida en comparación con él. ¡Qué poder diabólico! Si lo reproduzco sólo aproximadamente tal y como está ahora, parecerá saltar del lienzo. ¡Qué rasgos tan extraordinarios!', no dejaba de repetir poniendo todavía más empeño en la obra y viendo aparecer ya algunos rasgos en el lienzo. Pero, a medida que se acercaba al fin, se intensificaba la sensación que le invadía, la sensación abrumadora e inquietante que él mismo no acertaba a comprender. No obstante, se propuso reproducir con escrupulosidad todos los rasgos y expresiones. Ante todo, se ocupó de pintar los ojos. Había tanta energía en ellos, que parecía completamente imposible reproducirlos como eran en realidad. Sin embargo, decidió revelar a todo trance hasta los tonos y matices de menor importancia, descubrir su secreto...

"Pero en cuanto empezó a penetrar y ahondar en ellos, sintió en el alma una angustia tan inexplicable, una repugnancia tan extraña, que tuvo que dejar el pincel por algún tiempo y reanudar el trabajo al cabo de algunos días. Por fin no pudo aguantar por más tiempo; sentía que aquellos ojos se clavaban en su alma y despertaban en ella una inquietud extraña. Esta sensación fue creciendo a medida que pasaban los días. Sintió miedo, tiró el pincel y declaró con firmeza que no podía seguir haciendo el retrato.

"¡Qué cambio tan terrible produjeron aquellas palabras en el extraño usurero! Se puso de rodillas delante de él y le suplicó que acabara el retrato. Dijo que su destino y su vida en este mundo dependían de este retrato, y, además, su pincel ya había fijado en el lienzo sus rasgos vivos. Añadió que, si lograba reproducirlos con exactitud, su vida subsistiría en el retrato, gracias a un poder sobrenatural, y entonces él no moriría del todo. Declaró también que debería seguir viviendo en este mundo.

"Mi padre quedó horrorizado al oír semejantes palabras; le parecieron tan extrañas y terribles, que tiró el pincel y la palabra y salió precipitadamente del cuarto.

"El recuerdo de aquella escena le inquietó durante todo el día y la noche. A la mañana siguiente, una mujer, única persona que servía en casa del usurero, trajo el retrato, diciendo que su dueño no lo quería, que no pagaría nada por él, y que, por lo tanto, lo devolvía. El mismo día por la noche, mi padre se enteró de que el usurero había muerto y que se disponían a enterrarle según el rito de su religión. Todo esto le pareció completamente inexplicable y muy extraño.

"Por otra parte, desde entonces se observó en su carácter un cambio notable. Sufría una inquietud y un estado de excitación cuya causa él mismo no acertaba a comprender, y al poco tiempo hizo algo de lo que nadie le hubiera creído capaz.

"Desde hacía algún tiempo las obras de un discípulo suyo empezaron a llamar la atención de un pequeño grupo de entendidos y aficionados. Mi padre siempre había reconocido su talento, y por eso le tenía especial simpatía; pero de repente empezó a tenerle envidia. El afecto que todos le profesaban y las conversaciones sobre él se le hicieron intolerables. Al fin, como si aquello fuera poco, supo, además, que habían encargado a su discípulo un cuadro para una hermosa iglesia recién construida, y esto le exasperó.

"—¡Bah! No voy a consentir que este mocoso triunfe —exclamó—. Aún es pronto para superarme. ¡Ya veremos quién de los dos va a vencer!

"Y este hombre, que en el fondo era noble y honrado, se valió de toda clase de intrigas y maquinaciones, que antes siempre despreciaba, para conseguir al fin que hubiese concurso en el que pudiesen tomar parte los demás artistas deseosos de pintar el cuadro para la iglesia. Luego se encerró en su habitación y trabajó con entusiasmo. Diríase que todas sus energías se concentraban en este cuadro, y, en efecto, produjo una de sus mejores obras. Nadie dudaba que él obtendría el premio. Los cuadros fueron presentados al jurado, y la diferencia que existió entre su obra y todas las demás era como del día a la noche. No obstante, uno de los miembros del jurado, que si mal no recuerdo era clérigo, hizo una observación que sorprendió a todos:

"—No cabe duda de que en el cuadro de este pintor hay mucho talento; pero la expresión carece por completo de devoción; más bien hay algo demoniaco en esos ojos, como si un poder maligno hubiera impulsado la mano del artista.

"Todos fijaron sus miradas en el cuadro, y comprobaron la verdad de estas palabras. Mi padre se precipitó hacia su obra para ver si era justa esa afrentosa observación, y vio con espanto que había dado a todas sus figuras los ojos del usurero. Le miraban de un modo tan satánico y aniquilador, que él mismo se estremeció involuntariamente.

"El cuadro fue rechazado, y con gran disgusto por parte suya, tuvo que ver cómo su discípulo se llevaba el premio. No se puede describir con qué rabia llegó a casa. Por poco pega a mi madre, echó a los hijos, rompió los pinceles y los caballetes, se abalanzó sobre el retrato del usurero, lo descolgó de la pared, se hizo traer un cuchillo y mandó encender el fuego en la chimenea. Tenía intención de cortarlo en pedazos y echarlo al fuego. En el momento que se disponía a llevar a cabo su propósito, le sorprendió un amigo que acababa de entrar en la habitación.

"También era pintor, hombre alegre, siempre contento de sí mismo y sin grandes aspiraciones, que emprendía con alegría todos los trabajos que se le ofrecían y era muy amigo de la comida y de la bebida.

"—¿Qué haces? ¿Qué te propones quemar? —exclamó, acercándose al retrato—. ¡Pero si es una de tus mejores obras! Es el usurero que murió hace poco. ¡Es una obra magnífica! No sólo acertaste el parecido, sino que penetraste en sus ojos, por decirlo así. ¡Ni aun en su vida había en ellos tanta expresión como en tu obra!

"—¡Ya veremos cómo me van a mirar desde el fuego! —dijo mi padre, haciendo un movimiento para arrojar el retrato a la chimenea.

"—¡Por Dios, espera! —exclamó deteniéndole—. Dámelo a mí, si es que te molesta.

"Mi padre se negó al principio, mas luego acabó por ceder, y el alegre amigo, contentísimo de su adquisición se lo llevó.

"En cuanto se marchó el amigo, mi padre se sintió mucho más tranquilo, como si al deshacerse del retrato se le hubiera quitado el peso que tenía en el alma.

"Él mismo se extrañó de su ira, de su envidia y de aquel cambio tan nefasto que sufrió su carácter. Después de reflexionar largo rato sobre lo que había hecho se quedó todo afligido, y no sin profundo pesar, dijo:

"—¡No! ¡Fue un castigo de Dios! Merecí que mi cuadro fuese rechazado. Un diabólico sentimiento de envidia impulsó mi pincel, y por eso había de reflejarse en el cuadro.

"Inmediatamente se fue en busca de su ex discípulo, le abrazó efusivamente, le pidió perdón y procuró reparar la injusticia en la medida de lo posible. Los encargos seguían afluyendo como antes, pero a partir de entonces se observó a menudo una expresión pensativa en su rostro. Rezaba con gran frecuencia, era mucho más taciturno que antes y ya no se expresaba en términos tan ásperos al opinar de la gente. Hasta parecía haber perdido la brusquedad exterior.

"Al poco tiempo sobrevino algo que le afectó profundamente. Hacía tiempo que no veía al amigo a quien regalara el retrato, y ya se disponía a hacerle una visita, cuando un día aquél entró de improviso en su habitación:

"—¡Sí, hermano, tenías razón! No por nada quisiste quemar el retrato. ¡Que se lo lleve el demonio! ¡Tiene en sí algo horrible!... No creo en brujerías, pero digan lo que quieran, estoy seguro que el Maligno está en él.

"—¿Por qué? —le preguntó mi padre.

"—Desde que colgué ese cuadro en casa siento algo así como una angustia terrible, como si tuviera intención de asesinar a una persona. En mi vida he sabido lo que es el insomnio, pero ahora no sólo lo experimento, sino que incluso tengo sueños...

"¡Bueno, sueños! Pero no de esos..., ¿sabes?... Es decir, no sé si sólo son sueños o algo más; es como si un espíritu maligno intentara estrangularme... ¡El maldito viejo anda siempre por la habitación! En una palabra, no puedo expresarte mi estado de ánimo. Nunca me ha pasado cosa semejante. Anduve como un loco durante todos aquellos días. Sentía miedo y esperaba siempre algo terrible, me parecía que no podía decir a nadie una palabra alegre o sincera, pues siempre a mi lado había un espía acechándome. Sólo después de haber regalado el retrato a mi sobrino, que me lo pidió, tengo la sensación de haberme quitado un peso de encima. ¡Como ves, de nuevo me siento alegre! ¡Ay, amigo mío! Creaste un verdadero demonio.

"Mi padre escuchó con suma atención ese relato y luego le preguntó:

"—El retrato, ¿lo tiene ahora tu sobrino?

"—¡Qué va a tenerlo mi sobrino! Tampoco lo aguantó —replicó el bromista—. El alma misma del usurero parece haber transmigrado al retrato; el usurero sale saltando del marco, da vueltas por la habitación. Todo lo que me contó mi sobrino es casi inverosímil. Yo le hubiera tomado por un loco, de no haberlo experimentado yo mismo. Mi sobrino vendió el retrato a un coleccionista de cuadros, que a su vez se lo endosó a alguien.

"Estas palabras le causaron gran impresión. Se sumió en cavilaciones, se volvió melancólico y por fin llegó a convencerse de que su pincel había servido de instrumento al diablo, y de que, efectivamente, la vida del usurero había pasado en parte al retrato e inquietaba ahora a la gente, despertando en ella sentimientos demoniacos, apartando a los artistas de su camino y provocando en ellos excesos de envidia, de... etcétera...

"Tres desgracias no tardaron en caer sobre él: la muerte repentina de su esposa, de su hija y de su hijo menor le hicieron creer que era un castigo del cielo.

"Decidió retirarse. Cuando cumplí nueve años me hizo ingresar en la Academia de Bellas Artes, y una vez liquidadas sus cuentas con sus deudores, se retiró a un monasterio solitario, donde no tardó en tomar el hábito. Allí asombró a todos los hermanos por la austeridad de su vida y el cumplimiento de las reglas.

"Cuando el prior se enteró de que mi padre era un gran artista, le encargó pintar el retablo para el altar mayor de la iglesia del monasterio. Pero el humilde y piadoso hermano declaró categóricamente que era indigno de manejar el pincel, pues lo había profanado, y que antes debía purificar su alma por medio de grandes sacrificios y privaciones para volver a ser digno de encargarse de semejante obra.

"No quisieron obligarle. Él por su parte, hacía cuanto estaba en su poder para volver aún más rigurosa la regla austera de la vida monacal.

"Pero pronto le pareció insuficiente y demasiado poco severa. Se retiró, con la bendición del prior, a la soledad. Se construyó una choza de ramas y se alimentaba sólo de raíces crudas; llevaba piedras de una parte a otra, permanecía en pleno día al sol, sin moverse de su sitio, con los brazos levantados, murmurando oraciones desde la salida hasta la puesta del sol. En una palabra: se sometía a toda clase de pruebas de paciencia y se imponía todas las renunciaciones y sacrificios que sólo podemos hallar en los santos.

"De este modo, durante algunos años, castigó su cuerpo y al mismo tiempo lo fortaleció por medio del poder vivificante de las oraciones. Finalmente, un día reapareció en el monasterio y dijo con resolución al prior:

"—Ahora estoy dispuesto. Y si Dios lo quiere, cumpliré con mi trabajo.

"El tema que eligió era la natividad de nuestro Señor. Se pasó un año entero trabajando en esta obra, sin abandonar su celda, alimentándose con extrema frugalidad y rezando continuamente. Transcurrido aquel tiempo, el cuadro estaba acabado y, en efecto, era una maravilla pictórica.

"Es preciso advertir que ni los hermanos ni el prior eran muy entendidos en pintura; pero todos quedaron sorprendidos de la extraordinaria pureza y santidad de las imágenes. Una divina humildad e indulgencia se reflejaba en el rostro de la Santísima Madre de Dios, que se inclinaba sobre su Hijo; un profundo conocimiento en los ojos del Divino Niño, que parecía comprender ya algo del porvenir; solemne mutismo por parte de los Reyes, que, embargados por el milagro divino, se hallaban postrados ante el Niño, y por último, un silencio sagrado indescriptible que invadía el cuadro entero. Todo esto unido a un vigor y una fuerza de belleza tan armónica, causaban un efecto casi mágico.

"Los hermanos se arrodillaron ante el nuevo cuadro, y el prior, todo emocionado, dijo:

"—¡No! ¡Es imposible que un hombre haya sido capaz de pintar semejante cuadro sólo con el arte humano! Una fuerza superior y sagrada manejó tu pincel. ¡La bendición del cielo está en tu obra!

"Por aquel entonces acabé mis estudios en la Academia y salí premiado con la medalla de oro y lleno de esperanzas ante la perspectiva de un viaje de estudio a Italia, que es el sueño dorado de todo artista de veinte años. Sólo tenía que despedirme de mi padre, del cual vivía separado desde hacía doce años. He de confesar que desde hacía mucho tiempo su imagen se había borrado en mi memoria. Había oído hablar de la austeridad y santidad de su vida, y me preparaba ya a ver la áspera figura de un ermitaño extenuado y enjuto a consecuencia de los eternos ayunos y vigilias, para quien no existe en el mundo más que su celda y sus rezos.

"Quedé asombrado al encontrarme con un anciano hermoso, casi divino. Su rostro no traslucía la menor huella de cansancio y en él sólo resplandecía la nítida alegría celestial. La barba, blanca como la nieve, y el cabello, muy ralo, casi etéreo y del mismo color de la plata, le cubrían pintorescamente el pecho y los pliegues de su sotana negra, y descendían hasta el cordón con que se ceñía su humilde hábito. Pero lo que más me sorprendió fueron las palabras que pronunció acerca del arte, y que confieso pienso conservar en mi alma durante mucho tiempo, y deseo sinceramente que cada uno de mis colegas haga otro tanto:

"—Te esperaba, hijo mío —me dijo al acercarme para recibir su bendición. Tienes delante de ti un camino que debes seguir toda tu vida. Es un camino limpio; no te desvíes de él. Posees talento; pero el talento es un don divino, el más precioso. Por lo tanto, no debes echarlo a perder. ¡Examina, estudia todo lo que veas! Somételo a tu pincel, pero siempre en todo has de descubrir lo más íntimo, debes averiguar el profundo misterio de la creación. ¡Dichoso aquel que ha sido escogido para revelarlo! ¡Para él no hay motivo común en la naturaleza! ¡Un verdadero artista creador es igual de sublime en lo humilde como en lo grande! En lo despreciable, deja de serlo, ya que es iluminado por el alma maravillosa del Creador y adquiere una expresión sublime al pasar por su mano cristalina. El anticipo del paraíso futuro de los cielos reside para el hombre en el arte, y sólo por esa razón es superior a todo lo demás.

"Así como la solemne tranquilidad es superior a toda emoción mundana, la producción a la destrucción, y el ángel, sólo por la pura inocencia de su alma celestial, a todas las innumerables fuerzas y orgullosas pasiones de Satanás, así por encima de todo cuanto hay de sublime en el mundo está la obra de arte. Debes sacrificar todo por ella, debes amarla con todo el ardor de tu alma, no con la pasión encendida de deseos humanos, sino con una pasión silenciosa y celestial; sin ella el hombre no puede elevarse sobre la tierra y es incapaz de producir la maravillosa armonía que infunde la paz a nuestros corazones. Y para traer al mundo el apaciguamiento y la reconciliación desciende del cielo la sublime creación del arte.

"Nunca puede promover indignación en el alma, sino que, al igual que la oración, se eleva siempre a Dios. Sin embargo, hay momentos tenebrosos —se interrumpió y vi ensombrecerse su rostro sereno, como si una nube momentánea pasara sobre él—. Hubo un caso en mi vida —prosiguió— hasta hoy en día no sé con certeza quién era el extraño personaje cuyo retrato pinté por aquel entonces. Fue como una aparición diabólica. No ignoro que el mundo niega la existencia del diablo, así es que no voy a hablar de él.

"Sólo diré que pinté con gran repugnancia el retrato de aquel hombre y trabajé en él sin ninguna alegría ni entusiasmo. Tuve que esforzarme para hacerlo. Intenté no hacer caso a mis sentimientos y procuré ser fiel al natural. No creé una obra de arte, y por eso los sentimientos que experimentaron las personas que contemplaron el retrato son sentimientos sediciosos y de inquietud, no son emociones artísticas, porque el artista conserva la calma aun en la reproducción de la pasión.

"He oído decir que este retrato pasa de mano en mano, que causa impresiones torturadoras y hace brotar en los artistas sentimientos de envidia, de torpe odio a sus colegas, así como el instinto maligno de persecución y opresión. ¡Que el Santísimo te preserve de semejantes pasiones! No hay nada más horrible. Más vale cargar con todas las amarguras del perseguido que hacer el menor mal al prójimo. ¡Salva la pureza de tu alma! El que está dotado de talento debe tener el alma más pura y más noble que todos los demás. A ellos se les perdonan muchas cosas. A quien sale de casa con un limpio traje de fiesta y le salpica un coche un poco de barro al pasar, al instante le rodea una multitud de personas señalándole con el dedo y criticando su negligencia, mientras que estas mismas personas no reparan en las manchas que tiene uno que lleva un traje de diario y que por eso no llama la atención.

"Dicho esto, me bendijo y me abrazó. Nunca en mi vida me sentí tan reconfortado como aquel día. Con profunda devoción, más que con respeto filial, me estreché contra su pecho y besé sus lacias canas plateadas.

"Una lágrima brilló en sus ojos.

"—Quiero que me hagas un favor, hijo mío —dijo al despedirse—. Quizá por casualidad encuentres algún día el retrato del que te hablé. Seguramente podrás reconocerlo por los ojos excepcionales y por su expresión sobrenatural. Debes destruirlo sea como sea..."

—Ustedes mismos podrán juzgar si podía negarme a prometérselo solemnemente. Le juré cumplir su ruego. Durante quince años no pude descubrir nada que correspondiera en algo a la descripción hecha por mi padre, cuando, de repente, ahora en esta subasta...

El artista no acabó la frase, se volvió hacia la pared para mirar de nuevo el cuadro, y todos los que habían escuchado atentamente el relato hicieron lo mismo instintivamente y buscaron con la mirada el misterioso retrato. Pero, con gran sorpresa, no hallaron nada en la pared.

Se levantó un murmullo y cuchicheo entre los asistentes, y acto seguido se propagó por la sala con la rapidez de un rayo la palabra *robado*. Por lo visto, mientras todos estaban pendientes del relato del artista, alguien aprovechó este momento y robó el retrato. Todavía mucho tiempo después todos los asistentes permanecieron estupefactos, dudando si en realidad habían visto aquellos ojos extraños o si sólo se trataba de un sueño, de un juego de la vista, cansada de contemplar tantos cuadros antiguos.

LA PERSPECTIVA NEVSKI

No hay nada mejor, por lo menos para Petersburgo, que la perspectiva o avenida Nevski. Ella allí lo significa todo. ¡Con qué esplendor refulge esta calle, ornato de nuestra capital!... Yo sé que ni el más mísero de sus habitantes cambiaría por todos los bienes del mundo la perspectiva Nevski... No sólo el hombre de veinticinco años, de magníficos bigotes y levita maravillosamente confeccionada, sino también aquel de cuya barbilla surgen pelos blancos y cuya cabeza está tan pulida como una fuente de plata, se siente entusiasmado de la perspectiva Nevski. ¡En cuanto a las damas!... ¡Oh!... Para las damas, la perspectiva Nevski es todavía más agradable. ¿Y para quién no es ésta agradable?... Apenas entra uno en ella percibe *olor a paseo*. Aunque vaya uno preocupado por algún asunto importante e indispensable, es seguro que al llegar a ella se olvidan todos los asuntos.

Éste es el único lugar donde la gente se exhibe, sin sentirse acuciada por la necesidad o el interés comercial que abraza a todo Petersburgo. Diríase que el hombre que se encuentra en la perspectiva Nevski es menos egoísta que el de Morskaia, Gorojovaia, Liteinaia, Meschanskaia y demás calles, en las que la avaricia, el afán de lucro y la necesidad aparecen impresos en los rostros de los peatones y de los que la atraviesan al vuelo de sus berlinas u otros carruajes. La perspectiva Nevski es la principal vía de comunicación de Petersburgo; aquí el habitante del distrito de Petersburgski o de Viborgski, que desde hace años no visitaba a su amigo residente en Peski o en Moskovskaia Sastava, puede estar seguro de que le encontrará sin falta. Ninguna guía ciudadana ni ninguna oficina de información podrían suministrar noticias tan exactas como puede hacerlo la perspectiva Nevski. ¡Oh, todopoderosa perspectiva Nevski!... ¡Única distracción del humilde en su paseo por Petersburgo! ¡Con qué pulcritud están barridas sus aceras y..., Dios mío..., cuántos pies han dejado en ellas sus huellas! La torpe bota del soldado retirado, bajo cuyo peso parece agrietarse el mismo granito; el zapatito diminuto y ligero como el humo de la joven dama, que vuelve su cabecita hacia los resplandecientes escaparates de los almacenes, como el girasol hacia el sol; el retumbante sable del teniente lleno de esperanzas que las araña al pasar..., ¡todo deja impreso sobre ellas el poder de su fuerza o de su debilidad! ¡Cuánta rápida fantasmagoría se forma en ellas tan sólo en el transcurso de un día! ¡Qué cambios sufren en veinticuatro horas!

Empecemos a considerarlas desde las primeras horas de la mañana, cuando todo Petersburgo huele a panes calientes y recién hechos, y está lleno de viejas con vestidos rotos y envueltas en capas, que asaltan primeramente las iglesias y después a los transeúntes compasivos. A esta hora la perspectiva Nevski está vacía: los robustos propietarios de los almacenes y sus comisionistas duermen todavía dentro de sus camisas de Holanda o enjabonan sus nobles mejillas y beben su café; los mendigos se agolpan a las puertas de las confiterías, donde el adormilado Ganimedes que ayer volaba como una mosca portador del chocolate, ahora, sin corbata y con la escoba en la mano, barre, arrojándoles secos *pirogi* y otros restos de comida. Por las calles circula gente trabajadora; a veces, también *mujiks* rusos dirigiéndose apresurados a sus tareas y con las botas tan manchadas de cal, que ni siquiera toda el agua del canal de Ekaterininski, famoso por su limpieza, hubiera bastado para limpiarlas. A esta hora no es prudente que salgan las damas, pues al pueblo ruso le agrada usar tales expresiones, como seguramente no habrán oído nunca ni en el teatro. A veces, un adormilado funcionario la atraviesa con su cartera bajo el brazo, si se da el caso de que su camino al Ministerio pase por la perspectiva Nevski.

Decididamente, puede decirse que a esta hora, o sea hasta las doce del mediodía, la perspectiva Nevski no constituye objetivo para nadie, y sirve solamente como medio: poco a poco va llenándose de personas que por sus ocupaciones, preocupaciones y enojos no piensan para nada en ella. El *mujik* ruso habla de la **grivna** [diez kopeks] o de los siete **groschi** [media kopeka] los viejos y las viejas agitan las manos o hablan consigo mismos, a veces entre fuertes gesticulaciones; pero nadie los escucha ni se ríe de ellos, con excepción acaso de los muchachos de abigarradas batas que, llevando en las manos pares de zapatos o botellas vacías, corren por la perspectiva Nevski. A esta hora, aunque se hubiera usted puesto en la cabeza un cucurucho en lugar de un sombrero, aunque su cuello sobresaliera demasiado sobre su corbata, puede estar bien seguro de que nadie se fijará en ello.

A las doce, en la perspectiva Nevski hacen invasión los preceptores de todas las naciones, acompañados de sus discípulos, que lucen cuellos de batista. Los *Jones* ingleses y los *Coco* franceses llevan colgados del brazo a los alumnos que les han sido confiados, y con la conveniente respetabilidad explican a éstos que los rótulos que se encuentran sobre las tiendas están allí colocados para que pueda saberse lo que se contiene en dichas tiendas. Las institutrices, pálidas *misses* rosadas eslavas, caminan majestuosamente tras sus ligeras y movibles muchachas, ordenándoles que levanten un poco más el hombro y se enderecen.

Para abreviar: a esta hora la perspectiva Nevski es una perspectiva Nevski pedagógica. Sin embargo, cuanto más se acercan las dos de la tarde, más disminuye el número de preceptores, pedagogos y niños. Éstos han sido desplazados de allí por sus tiernos padres, que pasan llevando del brazo a las compañeras de sus vidas, de nervios débiles y vestidas de abigarrados colores. Poco a poco, a su compañía se unen todos aquellos que han terminado sus bastante importantes ocupaciones caseras, tales como, por ejemplo, los que han consultado al médico sobre el tiempo o sobre el pequeño grano salido en la nariz, los que se han informado de la salud de los caballos y de sus hijos (que, dicho sea de paso, muestran grandes capacidades), los que han leído los carteles y un artículo importante en los periódicos sobre los que llegan y los que se van, y, por último, los que han bebido su taza de café o de té; a éstos se unen también aquellos a quienes el destino, envidioso, deparara la bendita categoría de "funcionario" encargado de importantes asuntos: se unen los que, empleados en el Ministerio del Exterior, destacan por la nobleza de sus ocupaciones y costumbres. ¡Dios mío! ¡Qué empleos y servicios tan maravillosos existen!... ¡Cuánto elevan y regocijan el alma! Pero..., ¡ay de mí!... Yo, por no estar empleado, he de privarme del gusto que me proporcionaría el fino comportamiento de los superiores...

Todo lo que encuentre usted en la perspectiva Nevski está impregnado de *conveniencia*. Los caballeros de largas levitas y manos metidas en los bolsillos; las damas de redingotes de raso blanco, rosa, azul pálido y sombrero. Aquí encontrará usted patillas únicas, a las que se deja pasar con extraordinario, con asombroso arte, bajo la corbata. Patillas de terciopelo, de raso, negras como el carbón, pero, ¡ay!, pertenecientes tan sólo a los miembros del Ministerio del Exterior. A los empleados de otros departamentos el destino les ha negado esas negras patillas, y con enorme disgusto se ven obligados a llevarlas de color rojizo.

Aquí encontrará usted maravillosos bigotes. Ninguna pluma, ningún pincel puede describirlos. Bigotes a cuyo cuidado se ha dedicado la mejor mitad de la vida, que son objeto de largas atenciones durante el día y durante la noche; bigotes sobre los que fueron vertidos exquisitos perfumes, aromas y las más raras y costosas pomadas de todas clases; bigotes que se envuelven por la noche en el más fino papel; bigotes a los que va dirigido el afecto más conmovedor de sus poseedores y que despiertan la envidia de los transeúntes.

Sombreros, vestidos, pañuelos multicolores y vaporosos, que a veces hasta dos días seguidos han logrado la preferencia de sus propietarias, podrían con sus mil clases diversas deslumbrar a cualquiera en la perspectiva Nevski.

Dijérase que todo un mar de mariposillas desprendiéndose de los largos tallos se eleva de repente, agitándose cual resplandeciente nube, sobre los negros escarabajos del sexo masculino. Aquí encontrará usted cinturas tales como nunca las habrá soñado: finitas, estrechitas; talles no más gruesos que el cuellecito de una botella, y al encontrarse con ellos se apartará usted con respeto, para evitar el poder tropezarlas por descuido con un codo descortés. De su corazón se apoderarán entonces la timidez y el miedo de quebrar con la desconsiderada respiración tan maravillosa obra de la naturaleza y el arte. Y ¡qué mangas de señora verá usted en la perspectiva Nevski!...

¡Ay, qué maravilla! Se asemejan un poco a dos globos de oxígeno, hasta el punto de que la dama podría elevarse en el aire si el hombre no la sujetara; porque alzar una dama en el aire resulta igual de fácil y agradable que llevarse a los labios una copa llena de champaña.

En ningún sitio, al encontrarse, se saludan las gentes con tanta nobleza y desembarazo como en la perspectiva Nevski. Aquí encontrará usted la sonrisa única, la sonrisa que es una obra maestra; a veces tal, que, por el contrario, se verá usted más bajo que la misma hierba, y a veces tal, que se sentirá más alto que el pararrayos del Almirantazgo y levantará orgulloso la cabeza. Aquí encontrará usted a los que conversan sobre el tiempo o el último concierto con una extraordinaria nobleza y el sentido de su propia dignidad. Aquí encontrará usted millares de caracteres incomprensibles y fenómenos. ¡Oh, Creador!...

¡Qué caracteres tan extraños encuentra uno en la perspectiva Nevski! Hay allí infinidad de gentes que al ver a usted le mirarán irremisiblemente a los zapatos, y si usted pasa sin detenerse, se volverán de fijo para mirarle a los faldones.

Todavía no he podido comprender por qué ocurre esto. Al principio pensé que se trataría de zapateros; pero luego resultó que no era así. La mayor parte estaban empleados en diversos departamentos; muchos de ellos podrían escribir de una manera perfecta una comunicación y dirigirla de un departamento oficial a otro, o pasearse o leer periódicos en las confiterías... O sea, que la mayor parte es gente como es debido.

En esta bendita hora de las dos a las tres de la tarde (que puede calificarse de capital movible de la perspectiva Nevski) tiene lugar la principal exposición de las mejores obras del hombre. El uno exhibe una elegante levita guarnecida del mejor castor; otro, una maravillosa nariz griega; el tercero usa unas magníficas patillas; la cuarta un par de bellos ojos y un asombroso sombrerito; el quinto, una sortija con talismán pasada al elegante meñique; la sexta, un piececito dentro de un encantador y diminuto zapato; el séptimo, una corbata que despierta la curiosidad, y el octavo, unos bigotes que sumergen en asombro. Pero... dan las tres y la exposición se termina y la muchedumbre disminuye... A las tres sobreviene un nuevo cambio.

En la perspectiva Nevski, de repente, se hace la primavera; toda ella se cubre de funcionarios de uniformes verdes. Hambrientos consejeros titulares de Corte y de otras clases emplean todas sus fuerzas en acelerar su paso. Los funcionarios jóvenes y los secretarios se apresuran a aprovechar un poco más el tiempo y a pasear por la perspectiva Nevski con un porte que no demuestra que se han pasado seis horas seguidas sentados en una oficina del Estado; pero los viejos secretarios y consejeros titulares de la Corte caminan de prisa y con la cabeza baja. No tienen tiempo de ocuparse en la contemplación de los transeúntes. No se sienten todavía liberados de sus preocupaciones. En sus cabezas hay un enredo y todo un archivo de asuntos empezados y sin terminar; ha de pasar mucho tiempo hasta que dejen de ver, en lugar de un anuncio, la carpeta llena de papeles o el rostro carnoso del jefe de la cancillería.

A partir de las cuatro la perspectiva Nevski queda vacía, y será raro que encuentre usted en ella un solo funcionario. Alguna costurerilla que, saliendo de la tienda, corre con la caja entre las manos por la perspectiva Nevski; alguna lastimosa víctima de la prodigalidad, vestida con un mísero capote; algún bobalicón a quien se encuentra de paso y para el cual las horas son iguales; alguna alta y larguísima inglesa con el *ridicule* y el libro entre las manos; algún cobrador, el ruso de levita de mezcla de algodón (cuya cintura descansa en mitad de la espalda) y de delgada barba, que vive una vida prendida con alfileres, en la que todo se tambalea —la espalda, los brazos, los pies y la cabeza— cuando respetuosamente circula por la acera; algún artesano... y a nadie más encontrará usted en la perspectiva Nevski.

Pero tan pronto como desciende el crepúsculo sobre las casas y las calles, y el farolero cubierto de esparto se sube en su escalera para encender los faroles, y a las vitrinas de los escaparates se asoman aquellas estampas que no se atrevían a asomarse durante el día..., entonces la perspectiva Nevski vive de nuevo y empieza a moverse. Ha llegado la hora misteriosa en la que las lámparas prestan a todo una sugestiva y maravillosa luz. Encontrará usted a muchos jóvenes, solteros en su mayor parte, vestidos de levita y cubiertos con un capote. A esta hora se percibe que las gentes persiguen un fin o al menos algo parecido a un fin, un algo excesivamente inconsciente; los pasos se hacen más rápidos y desiguales, las largas sombras se deslizan raudas por las paredes y el suelo de la calle y casi alcanzan con sus cabezas el puente Politzeiski. Los jóvenes funcionarios y secretarios pasean durante largo rato, pero los viejos consejeros titulares y de Corte se quedan en su mayoría en casa, bien porque sean casados o porque sus cocineras alemanas les preparan muy bien la comida. Aquí encontrará usted a los viejos respetables que con tan importante aire y asombrosa nobleza paseaban a las dos por la perspectiva Nevski. Les verá usted correr, lo mismo que a los jóvenes secretarios, con objeto de mirar bajo el sombrero de alguna de esas damas, cuyos gruesos labios y maquilladas mejillas tanto gustan a muchos de los paseantes y aún más a los cobradores y comerciantes que, vestidos siempre de levita al estilo alemán, circulan en tropel y cogidos generalmente del brazo.

—¡Para! —gritó en este momento el teniente Piragov, dando un tirón al joven vestido de frac y cubierto con una capa que marchaba a su lado—. ¿Has visto?

—He visto. ¡Maravillosa! Es enteramente la *Biancca* de Peruggini.

—Pero ¿de quién estás hablando?

—¡Pues de ella! ¡De aquella de pelo oscuro!... ¡Qué ojos!...

¡Dios mío, qué ojos!... ¡Todo!... ¡El contorno! ¡El óvalo del rostro!

¡Es un milagro!

—Te estoy hablando de la rubia. De la que pasó tras ella por aquel lado... ¿Por qué no sigues a la morena si te ha gustado tanto?

—¡Oh!... ¿Cómo hacerlo?... —exclamó el joven vestido de frac, ruborizado. ¡Como si fuera una de esas que pasan por el atardecer por la perspectiva Nevski!... ¡Debe de ser una dama muy principal! Solamente su capa debe de valer por lo menos 80 rublos.

—¡Bobo!... —dijo con viveza Piragov, empujándole con fuerza hacia el punto en donde flotaba la capa de alegre colorido.

¡Anda, pánfilo, que se te va a escapar! Yo, mientras tanto, iré tras de la rubia.

Y ambos amigos se separaron.

"¡Ya las conocemos a todas!", pensó para sí Piragov con una sonrisa complacida y vanidosa, convencido de que no existía belleza que pudiera resistírsele.

El joven del frac y la capa se dirigió con tímido paso hacia el punto en que ondeaba a lo lejos la capa de vivos colores, que tan pronto brillaba a la luz del farol, al pasar junto a éste, como se cubría inmediatamente de oscuridad al alejarse. El corazón le latía en el pecho, y sin querer apresuraba el paso. No se atrevía siquiera a pensar que pudiera tener algún derecho a la atención de la belleza que se le escapaba volando a lo lejos, cuanto menos a dar cabida en su pensamiento a la negra alusión del teniente Piragov. Sólo quería ver la casa..., fijarse en dónde tenía la vivienda aquella encantadora criatura, que parecía haber caído directamente del cielo a la perspectiva Nevski, y que seguramente desaparecería no se sabría por dónde. Marchaba tan de prisa, que empujaba sin cesar fuera de la acera a los respetables señores de canosas patillas.

Este joven pertenecía a una clase que entre nosotros constituye un fenómeno bastante raro, y que tanto podía pertenecer a la ciudad de Petersburgo como la persona que vemos en sueños al mundo real. Esta casta excepcional era muy extraordinaria en aquella ciudad, donde todos eran funcionarios, comerciantes o artesanos alemanes. Era pintor.

¿No es verdad que era aquél un extraño fenómeno? ¡Un pintor de Petersburgo! ¡Pintor en la tierra de las nieves! ¡Pintor en el país de los finlandeses..., donde todo es húmedo, liso, llano, pálido, gris y embrumado! Estos pintores no se parecen a los pintores italianos, orgullosos, ardientes como Italia y su cielo.

Por el contrario, son en su mayor parte gente buena, tímida, que se turba fácilmente, despreocupada, apegada calladamente a su arte, que bebe té junto a sus dos amigos en su pequeña habitación, que habla modestamente del tema querido y no piensa en nada superfluo. Acostumbra llevar a su casa a alguna mendiga vieja y la obliga a permanecer allí durante seis horas con objeto de plasmar después sobre el lienzo su expresión lastimera sin sentimiento. Dibuja la perspectiva de su habitación, llena de frusilerías artísticas: brazos y pies de escayola, que el polvo y el tiempo han tornado del color del café; rotos y pintorescos caballetes, la paleta volcada, el amigo que toca la guitarra, las paredes manchadas de pintura, la ventana abierta, a través de la cual se ve pasar el pálido Neva y los pobres pescadores vestidos con camisas rojas. El colorido de sus obras suele ser gris y turbio, como si llevara impreso el sello del Norte.

Además, se aplican a su trabajo con verdadero deleite. Frecuentemente esconden dentro de sí verdadero talento, y si sobre ellos hubiera soplado el fresco viento de Italia, seguramente ese talento se hubiese desarrollado con la misma brillantez y libertad que la planta sacada de la habitación al aire libre. Por lo general son muy tímidos: la vista de una condecoración o de unas gruesas charreteras produce en ellos tal azoramiento, que sin querer rebajan al punto el precio de sus creaciones. Gustan a veces de elegantizarse; pero esta elegancia resulta en ellos demasiado chillona, y se asemeja un poco a un remiendo. Les verá usted a veces vestidos con un magnífico frac y una capa manchada, con un rico chaleco de terciopelo y una levita sucia de pintura, del mismo modo que verá usted la cabecita de ninfa dibujada en el fondo de la obra realizada anteriormente con deleite, si no se ha encontrado sitio mejor donde dibujarla. Nunca le mirará directamente a los ojos, y si lo hace será de un modo vago; no le penetrará con la mirada del observador o con aquella de águila del oficial de Caballería.

Esto sucede porque al mismo tiempo que sus rasgos están contemplando los rasgos de algún Hércules que se encuentra en su habitación o porque se está representando ante él el cuadro que se propone crear. Por eso, a menudo contesta de una manera descosida y a veces hasta incoherente, ya que todas las ideas que se mezclan en su cabeza aumentan su timidez. A esta clase pertenecía el joven pintor Peskarev, tímido y fácilmente azorado, pero cuya alma estaba llena de chispas de sentimiento dispuestas a convertirse en llama.

Con oculto temblor se apresuraba hacia aquel objeto de su atención que tanto le había asombrado, pareciendo extrañarse él mismo de su atrevimiento. La criatura desconocida que se había apoderado de sus pensamientos y de sus sentimientos volvió de repente la cabeza y le miró. ¡Dios mío!... ¡Qué rasgos prodigiosos!... La maravillosa frente, de una blancura cegadora, estaba sombreada por el magnífico cabello. Una parte de los maravillosos bucles caía bajo el sombrero y rozaba la mejilla, teñida de un fresco y fino rubor producido por el frío nocturno. La boca parecía cerrarse sobre un enjambre de maravillosos ensueños. ¡Todos cuantos recuerdos conservamos de la niñez, todo cuanto nos conduce al ensueño o a la callada inspiración —como nos conduce la lamparita ante la imagen—, todo parecía unirse y reflejarse en su armoniosa boca! Miró a Peskarev, y el corazón de éste latió bajo aquella mirada. Le miraba y un sentimiento de indignación se traslucía en su mirada por verse objeto de aquella persecución tan descarada; pero aun el mismo enfado era encantador en aquel rostro maravilloso.

Lleno de vergüenza y timidez, se detuvo él, bajando la cabeza; pero... ¿cómo perder de vista a esta divinidad sin saber siquiera dónde se hospedaba? Tales pensamientos llenaban la cabeza del joven soñador, que decidió seguirla. Sin embargo, para no hacerlo notar dejó aumentar la distancia que les separaba, mirando al parecer distraídamente a los anuncios, pero sin perder de vista ni un solo paso de la desconocida. Los transeúntes eran más escasos; la calle se hacía más tranquila; la bella volvió la cabeza, y a él le pareció que una ligera sonrisa brillaba en sus labios. Todo su organismo tembló, sin poder dar crédito a sus ojos. No. Era sin duda la linterna, que con su engañadora luz había hecho expresar a su rostro aquella especie de sonrisa. No. Eran sus propios ensueños los que se reían de él. Sin embargo, la respiración se detuvo en su pecho; todo latía en su interior; todos sus sentimientos ardían, y todo ante él se cubrió de una bruma. La acera pasaba volando bajo sus pies; las berlinas, con sus caballos al galope, parecían estar inmóviles; el puente se estiraba y se partía por el centro de su arco; las casas estaban invertidas; la garita le salía al encuentro, cayendo sobre él, y la alabarda del guardia, mezclada a las palabras y las tijeras dibujadas en oro, parecían brillar en las mismas pestañas de sus ojos. Todo esto lo había producido una mirada, el girar de la linda cabecita. Sin oír, sin ver, pasaba volando sobre las maravillosas huellas de aquellos piececitos, esforzándose en contener la rapidez de su paso, que marchaba al mismo ritmo que su corazón. A veces se apoderaba de él la duda. ¿Era verdad que la expresión de su rostro había sido benévola?... Entonces se detenía un momento; pero el latido de su corazón y la invencible fuerza e inquietud de todos sus sentimientos le impulsaban hacia adelante. Ni siquiera se fijó en que, de repente, una casa de cuatro pisos se elevaba ante él. Sus cuatro brillantes filas de ventanas le miraron todas a un tiempo, y la verja de la entrada le propinó su empujón de hierro. Vio volar a la desconocida escalera arriba, la vio volverse, llevarse un dedo a los labios y hacerle seña de seguirla. Sus rodillas temblaban, ardían sus pensamientos y sentimientos, un relámpago de alegría penetró con insoportable agudeza en su corazón. No.

¡Esto ya no era ensueño! ¡Dios mío! ¡Cuánta dicha en un instante! ¡Qué vida tan maravillosa en sólo dos minutos!

Sin embargo..., ¿no sería un sueño todo esto? ¿Era posible que aquella por cuya celestial mirada estaría dispuesto a dar toda su vida, y respecto de la cual comunicaba una dicha acercarse tan sólo a su vivienda, fuera ahora tan atenta y benévola con él? Subió volando la escalera. No le dominaba ningún pensamiento terreno; no se sentía excitado por la llama de la pasión terrena. No. En aquel minuto era limpio y puro, como el adolescente virgen que experimenta todavía la necesidad del amor espiritual. Lo que en un hombre vicioso hubiera despertado atrevidos pensamientos hacía los suyos aún más elevados.

Esta confianza otorgada por la débil y maravillosa criatura le imponía la promesa de austeridad del caballero. La promesa de cumplir como un esclavo todas sus órdenes. Deseaba únicamente que aquellas órdenes fueran las más difíciles e irrealizables para volar con mayor esfuerzo a su conquista. No dudó por un momento de que algún misterioso y al mismo tiempo importante suceso obligaba a la desconocida a hacerlo objeto de su confianza, de que le exigiría servicios de mucho interés, y sentía ya dentro de sí fuerza y decisión para todo.

La escalera ascendía, y con ella ascendían también sus fugaces ensueños.

—Vaya usted con cuidado —sonó la voz, cual un arpa, llenando nuevamente de temblor todas sus venas.

En la sombría altura del cuarto piso la desconocida golpeó en la puerta, que se abrió, y ambos entraron. Una mujer de exterior bastante agradable, llevando una vela en la mano, les salió al encuentro; pero miró a Peskarev de una manera tan extraña y descarada, que éste, sin querer, bajó los ojos. Entraron en la habitación. Tres figuras femeninas en distintos rincones se ofrecieron a sus ojos. Una de ellas hacía solitarios, otra estaba sentada ante el piano y tocaba con dos dedos una especie de lastimera y antigua polonesa, mientras la tercera, sentada ante el espejo, peinaba sus largos cabellos sin pensar en interrumpir su *toilette* por la entrada de una persona desconocida. El desagradable desorden que sólo se encuentra en la vivienda del solterón reinaba por doquier. Los mue-

bles, bastante buenos, estaban cubiertos de polvo; la araña había llenado con su tela el friso tallado; por la puerta
entreabierta de la habitación se veía brillar la bota guarnecida de espuela y el color rojo del uniforme, mientras
una fuerte voz masculina y una risa femenina se dejaban
oír sin ningún recato.

¡Dios mío!... ¡Dónde ha venido a caer!... Al principio
no quería creerlo, y se puso a examinar con atención los
objetos que llenaban la habitación; pero las paredes vacías y las ventanas sin visillos no revelaban la presencia
de ningún ama de casa cuidadosa; los rostros gastados de
estas lastimosas criaturas, una de las cuales vino a sentarse ante su misma nariz, mirándole con la misma tranquilidad con que se mira una mancha en el vestido ajeno...,
todo le confirmaba que había penetrado en el asqueroso
cobijo donde tiene su morada el lastimoso vicio producto de la vana instrucción y de la terrible abundancia de
gente de la capital, cobijo donde el hombre pisotea y se
ríe de todo lo limpio y sagrado que adorna la vida; donde
la mujer, esta gala del mundo, aureola de la creación, se
transforma en un ser extraño y ambiguo, que al mismo
tiempo que la pureza del alma perdió toda su feminidad,
adquiriendo los repugnantes ademanes y el descaro del
hombre y cesando de ser aquella débil criatura tan distinta de nosotros, pero tan maravillosa.

Peskarev la miraba con ojos asustados de pies a cabeza, como queriendo asegurarse de que era la misma que
le había hechizado, haciéndole seguirla por la perspecti-

va Nevski. Ella, sin embargo, aparecía ante él igualmente bella. Su cabello era igual de maravilloso, y sus ojos continuaban pareciendo celestiales. Su frescura era radiante, tenía sólo diecisiete años y se veía que el temible vicio había hecho su presa en ella desde hacía poco tiempo, y que aún no se atrevía a rozar sus mejillas, frescas y ligeramente sombreadas de fino rubor. Era maravillosa. Peskarev permanecía inmóvil ante ella y ya dispuesto a olvidarse de todo, como se olvidaba antes; pero la bella, aburrida de tan largo silencio, le sonrió de una manera significativa mirándole a los ojos. Esta sonrisa estaba impregnada de cierto lastimoso descaro. Era tan extraña a su rostro y le iba tan mal como la expresión beatífica al del usurero o el libro de contabilidad al poeta. Él se estremeció. Abrióse la linda boca y comenzó a decir algo, pero necio y trivial... Se veía que al hombre, al perder la pureza, le abandona también la inteligencia. No quiso escuchar nada. Se produjo de una manera risible y con la sencillez de una criatura. En vez de aprovechar tal benevolencia, en vez de alegrarse de esta ocasión, como lo hubiera hecho sin duda cualquier otro en su lugar, echó a correr como un cordero salvaje hacia la calle.

Con la cabeza baja y los brazos caídos permaneció sentado en su habitación, como el pobre que después de encontrar una perla sin precio la ha dejado caer al mar.

¡Tan bella! ¡Unos rasgos tan maravillosos..., y en qué lugar se encuentra!, era todo lo que se sentía capaz de articular.

Nunca, en efecto, se apodera tanto de nosotros la piedad como ante la vista de la belleza alcanzada por la respiración podrida del vicio. ¡Si fuera, al menos, la fealdad la que girara con él!... ¡Pero la belleza!... ¡La tierna belleza!... En nuestro pensamiento sólo puede unirse con la pureza y la limpidez. La bella que había hechizado al infeliz Peskarev era ciertamente un maravilloso y extraordinario fenómeno. Su presencia en aquel despreciable ambiente resultaba aún más extraordinaria. Todas sus facciones estaban dibujadas con tal nitidez, toda la expresión de su maravilloso rostro respiraba tal dignidad, que de ninguna manera podía creerse que el vicio hubiera dejado caer sobre ella sus terribles garras. Hubiera constituido una perla sin precio, el universo entero, el paraíso, la riqueza toda de un apasionado esposo, hubiera sido una prodigiosa y plácida estrella dentro de un círculo familiar, y un movimiento de su maravillosa boca hubiera bastado a dispensar dulces órdenes, hubiera aparecido como una diosa entre la muchedumbre de un salón, deslizándose sobre el claro *parquet* iluminado por el resplandor de las velas, recogiendo la callada devoción de la multitud de admiradores rendidos a sus pies... Pero, ¡ay!, por la voluntad terrible del espíritu infernal que desea destruir la armonía de la vida, había sido arrojada con risa grotesca en el abismo...

Destrozado de piedad se hallaba sentado ante la vela encendida; hacía tiempo que había pasado la medianoche, y cuando la campana de la torre dio las doce y media continuaba sentado, inmóvil, inactivo y desvelado. La somnolencia, aprovechando su quietud, comenzaba cautelosamente a apoderarse de él; ya la habitación empezaba a desaparecer; tan sólo la llama de la vela traslucía a través de los sueños, venciéndole, cuando de repente un golpe en la puerta le hizo estremecerse, obligándole a recobrarse. La puerta se abrió, dando paso a un lacayo vestido de rica librea. Jamás había entrado una rica librea en su solitaria habitación y menos aún a hora tan extraordinaria. Quedóse asombrado y mirando con impaciente curiosidad al recién llegado lacayo.

—La señora en cuya casa —dijo con un respetuoso saludo el lacayo— hace unas horas tenía usted la amabilidad de encontrarse, me ordena le ruegue vaya a visitarla y le envía su berlina.

Peskarev estaba callado y sorprendido. "Berlina..., lacayo de librea... ¡No! Aquí hay seguramente una confusión...", pensó.

—Escuche, amigo —pronunció con timidez—: usted seguramente se ha equivocado de lugar. Seguramente la señora ha enviado a buscar a algún otro que no soy yo.

—No, señor; no me he equivocado. ¿No fue usted quien tuvo la amabilidad de acompañar a la señora a pie hasta la casa de la calle Leteinaia, habitación del cuarto piso?

—Sí. Fui yo.

—¡Entonces!... Dese prisa, por favor. La señora desea verle sin falta y le pide vaya directamente a su casa.

Peskarev bajó corriendo la escalera. En efecto, en la calle había una berlina. Se sentó en ella, cerráronse las portezuelas, las piedras de la calle resonaron bajo las ruedas y los cascos, y la perspectiva de las casas, iluminadas con brillantes anuncios, pasó volando ante las ventanillas de la berlina. Peskarev reflexionaba durante el camino, sin saber cómo explicarse esta aventura. "Casa propia, berlina, lacayo de rica librea..." No podía relacionar nada de esto con la habitación del cuarto piso, las ventanas empolvadas y el piano abierto. La berlina se detuvo ante una entrada brillantemente alumbrada, asombrándole de súbito la fila de carruajes, las voces de los cocheros, las ventanas resplandecientes y el sonido de la música que llegaba hasta él. El lacayo de la rica librea le ayudó a bajar de la berlina, acompañándole en actitud respetuosa hasta el vestíbulo, provisto de columnas de mármol, en el que se encontraba un portero con uniforme guarnecido de oro, y se veían capas y pellizas diseminadas por diversos lugares, así como una brillante lámpara.

Una airosa escalera de refulgentes barandillas e impregnada de aromas conducía al piso superior. Ya estaba sobre ella..., ya había entrado en la primera sala, asustado y retrocediendo sus pasos a la vista de tanta gente. La extraordinaria variedad de rostros le dejó completamente aturdido. Le parecía como si algún demonio hubiera desmenuzado el mundo en infinidad de diversos pedazos y que todos aquellos pedazos se hubieran mezclado allí. Los hombros resplandecientes de las damas, los negros fraques, las arañas, las lámparas, los vaporosos volantes de gasa, las etéreas cintas y el grueso contrabajo que asomaba por la barandilla..., ¡todo le deslumbraba! Vio de pronto reunidos tantos viejos venerables y hombres maduros, de decorados fraques; damas que con tanta ligereza, altivez y gracia se deslizaban por el *parquet* o permanecían sentadas en fila; oía tantas palabras pronunciadas en francés o en inglés; era tal, además, la distinción de los jóvenes de negros fraques, hablaban y vacilaban con tanta dignidad, sabían tan bien lo que tenían que decir o no decir, con tal solemnidad bromeaban, con tal respeto sonreían, llevaban unas patillas tan perfectas, con tanto arte sabían mostrar sus impecables manos arreglándose la corbata, las damas eran tan vaporosas, estaban tan sumergidas en la propia complacencia, bajaban con tanto encanto los ojos..., que...

Pero ya la modesta actitud de Peskarev, apoyado temeroso en la columna, revelaba el aturdimiento en que se encontraba. La muchedumbre rodeaba en aquel momento el grupo de los que bailaban. Volaban entre éste transparentes creaciones de París y vestidos tejidos por el mismo aire; las bellas rozaban descuidadamente el *parquet* con sus piececitos y hubieran sido más etéreas todavía si no lo hubieran siquiera rozado. Pero una de ellas estaba vestida mejor que ninguna, más ricamente y con más brillantez. El gusto más exquisito podía apreciarse en toda su vestimenta, pareciendo al mismo tiempo que ella ni se preocupaba de ésta ni le concedía la menor importancia. No miraba a la muchedumbre de espectadores en torno. Sus maravillosas y largas pestañas bajaban indiferentes sobre sus ojos, y la resplandeciente palidez de su rostro sorprendía más cuando, al inclinar la cabeza, una ligera sombra cubría su encantadora frente. Peskarev puso en juego todos sus esfuerzos para, atravesando la muchedumbre, poder contemplarla, mas para mayor enojo suyo una inmensa cabeza de oscuro y rizado pelo le interceptaba sin cesar la vista. La muchedumbre, además, le estrujaba de tal manera, que no se atrevía a avanzar ni a retroceder por miedo a empujar a alguno de los consejeros. Sin embargo, pudo al fin adelantarse, y miró su traje para arreglar su atavío. "¡Santo cielo!... ¡Qué era aquello!... ¡Tenía toda la levita manchada de pintura!" En la prisa por llegar se había olvidado de ponerse un traje conveniente. Enrojeciendo hasta las orejas, bajó la cabeza y hubiera querido que le tragara la tierra...; pero esto era imposible. Los gentiles-hombres de cámara, de resplandecientes trajes, formaban tras ella una compacta pared. Deseaba ahora encontrarse lo más lejos posible de la bella de maravillosas pestañas y linda frente. Temeroso levantó la suya para cerciorarse de que no le miraban, pero..., ¡Dios mío!, estaba ante él... "¿Qué es esto?... ¿Qué es esto?... ¡Es ella!", exclamó casi en voz alta. En efecto, era ella; la misma a la que había visto por primera vez en Nevski; a la que había acompañado hasta su vivienda.

Ella alzó los párpados y contempló a todos con su clara mirada. "¡Qué bella es, ay!...", pudo tan sólo murmurar con entrecortada respiración. La joven miraba a todo aquel círculo que deseaba atraer su atención; pero su mirada era cansada y distraída cuando sus ojos, apartándose de él, encontraron los de Peskarev. "¡Oh, qué cielo aquel! ¡Qué paraíso! ¡Que otorgue fuerzas el Creador para soportar su contemplación! ¡Una vida entera no bastaría a contenerle y destrozará y enajenará el alma!"

Le hizo una seña, pero no con la mano; fueron los ojos los que la expresaron, pero con tal fineza, que nadie pudo observarla y sólo él la comprendió. El baile se prolongó durante largo tiempo, la fatigada música parecía apagarse y morir, pero de nuevo crecía, chillaba y retumbaba. Por fin cesó. Ella se sentó; su pecho se alzaba con la respiración bajo el fino cendal de la gasa; su mano... (¡Supremo Hacedor! ¡Qué mano maravillosa!) cayó sobre las rodillas, oprimiendo con su peso el vaporoso vestido que parecía irradiar música y cuyo fino color lila subrayaba aún más perceptiblemente su brillante blancura. "¡Tan sólo rozar aquella mano! ¡Nada más! ¡Ningún deseo más!

¡Cualquier otro pensamiento sería una osadía!..." Se encontraba detrás de su silla; pero no se atrevía a hablar..., no se atrevía a respirar...

—¿Estaba usted aburrido? —exclamó ella—. También yo me aburría. Observo que me aborrece usted —añadió después, bajando las largas pestañas.

—¿Aborrecerla yo?... ¿A usted? —intentó decir Peskarev completamente desconcertado.

Seguramente hubiera dicho muchas más incoherencias si en ese momento no se les hubiera acercado un chambelán cuya cabeza lucía un rizado tupé y que comenzó a hacer gratas e ingeniosas observaciones. Mostraba éste de agradable manera una fila de dientes bastante bonitos, mientras con cada una de sus sutilezas introducía un afilado clavo en el corazón del joven pintor. Alguien por fin, y en buena hora, se dirigió al chambelán para hacerle una pregunta.

—¡Qué insoportable es! —dijo la bella, levantando sus celestiales ojos—. Voy a sentarme al otro lado del salón. Vaya usted allí.

Después, deslizándose entre la muchedumbre, desapareció. Como un loco se abrió paso a empujones entre la muchedumbre hasta trasladarse al otro lado. "¡Conque era ella!" Estaba sentada como una reina, pero más maravillosa que ninguna, y le buscaba con los ojos.

—¿Está usted aquí? —pronunció en voz baja—. Voy a ser sincera con usted. Seguramente le habrán parecido extrañas las circunstancias de nuestro encuentro. ¿Será posible que haya usted podido pensar que yo pertenecía a aquella clase despreciable entre la que me encontró? Le parecerá extraña mi actitud, pero le revelaré un secreto. ¿Será usted capaz —agregó, mirándole fijamente a los ojos— de no traicionarlo nunca?

—¡Oh!... ¡Lo seré! ¡Lo seré!...

En aquel momento se aproximaba un caballero de edad avanzada, que comenzó a hablar con ella en un idioma desconocido para Peskarev, ofreciéndole después el brazo. La joven lanzó una mirada suplicante a Peskarev y le hizo seña de permanecer en el mismo lugar esperando su regreso; pero él, presa de impaciencia, no tenía ya fuerza para recibir órdenes, aunque partieran de aquella boca. Se dispuso a seguirla; pero la muchedumbre vino a separarlos, y dejó de ver el vestido de color lila. Intranquilo, se dirigía de una sala a otra, empujando sin miramiento a todos cuantos encontraba; pero en ellas sólo había gente sentada ante las mesas, jugando a las cartas y sumergida en silencio mortal. En el rincón de un aposento discutían varios ancianos caballeros sobre las ventajas del servicio militar sobre el civil; en otro, algunas personas vestidas con magníficos fraques desgranaban ligeras observaciones sobre el trabajo, en varios volúmenes, de un laborioso poeta. Peskarev sintió de pronto que un señor de bastante edad y respetable aspecto le cogía por el botón de su frac, proponiéndole opinara sobre su última, justa, observación; pero el joven le empujó brutalmente sin fijarse en que aquél ostentaba en el pecho una condecoración en demasía significativa. Se dirigió corriendo a otro aposento, pero tampoco allí estaba ella; un tercero, y tampoco.

—¿Dónde está? ¡Dádmela! —exclamó desesperado—. ¡Yo no puedo vivir sin mirarla! ¡Quiero escuchar lo que quería decirme!

Pero toda su búsqueda resultó vana. Inquieto, cansado, se apoyó en un rincón mirando a la muchedumbre. Sus ojos, forzada su vista, empezaban a verlo todo nebuloso. Por fin empezaron a aparecérsele con claridad las paredes de su habitación. Levantó los ojos; ante él estaba la palmatoria con su vela a medio consumir, cuyo sebo se derretía sobre la mesa.

¿Se había dormido entonces? Y ¡qué sueño aquel, Dios mío!...

¿Por qué se despertó?... ¿Por qué no esperó un minuto más?...

¡Seguramente que ella habría vuelto!... Una luz enojosa, como nimbo empañado y desagradable, se asomaba por la ventana.

¡La habitación estaba llena de un desorden tan turbio y tan gris!... ¡Oh, qué repugnante era la realidad!... ¿Cómo poder compararla con el sueño?... Se desvistió rápidamente y envolviéndose en la manta se echó sobre la cama, anhelando volver, aunque sólo fuera por un instante, a aquel sueño desaparecido. Éste no tardó mucho tiempo en llegar, pero no en la forma que él deseaba: tan pronto veía al teniente Piragov con una pipa en la mano, como a un portero de academia, a un consejero o la cabeza de la lechera a la que en tiempos hiciera un retrato, o cualquier otro absurdo semejante.

Hasta el mediodía permaneció echado en la cama intentando dormir, sin que ella apareciera. ¡Si tan sólo por un momento hubiera dejado ver sus maravillosos rasgos! ¡Si sólo un momento se hubiera oído el ruido de sus ligeros pasos, o hubiera pasado raudo ante él el brillo de su brazo desnudo!...

Rechazando toda otra idea, olvidándose de todo, permanecía sentado en actitud desconsolada y sumergido únicamente en aquel ensueño. Sin moverse, sin tocar ningún objeto, miraban sus ojos, vacíos de interés y de toda vida, por la ventana que se abría sobre el patio, en el que un sucio aguador vertía el agua que se hacía hielo en el aire, y la cascada voz de un vendedor pregonaba: "¿Venden ropa vieja?..." Todo lo real, todo lo cotidiano, hería de extraña manera sus oídos. Así permaneció sentado hasta la noche, en que se tendió otra vez, ansioso, sobre la cama. Durante mucho tiempo luchó con el insomnio, pero por fin pudo vencerlo. De nuevo el sueño, pero el sueño vulgar..., feo... "¡Dios mío, apiádate de mí! ¡Aunque sólo sea un minuto!... ¡Un minuto solamente, muéstramela!" De nuevo esperó la llegada de la noche, de nuevo se durmió, soñó de nuevo con algún funcionario que era a la vez funcionario y *fagot*. ¡Oh!... ¡Aquello era insoportable!... ¡Por fin surgió ella!...

¡Su cabecita cubierta de rizos... le miraba!... Pero ¡qué breve había sido su aparición!... De nuevo la niebla, de nuevo un sueño disparatado.

Al cabo, aquellos sueños llegaron a constituir su vida entera, y desde ese instante su vida adquirió un giro extraño. Podía decirse que dormía despierto y velaba dormido. Si alguien le hubiera visto sentado y silencioso, delante de una mesa vacía, o andando sin rumbo por la calle, seguramente le hubiera tomado por un lunático o por un ser destrozado por el abuso de las bebidas alcohólicas. Su mirada no revelaba la existencia de ningún pensamiento, y su habitual distracción había ido en aumento, hasta el punto de borrar de su semblante todo rastro de sentimiento. Sólo cuando llegaba la noche volvía a la vida.

Tal estado llegó a agotar sus fuerzas, siendo por fin su mayor martirio la pérdida total del sueño. Deseando defender aquella su única riqueza, puso en juego todos los medios para recobrarla. Había oído decir que había algo para conseguirlo y que esto era tan sólo el opio. Pero ¿dónde procurarse este opio? Recordó que conocía a cierto persa que tenía una tienda de chales y que siempre que le encontraba le pedía le hiciera el dibujo de alguna bella. Decidió dirigirse a él, pensando en que sin ninguna duda podía procurarle el opio que buscaba. El persa le recibió sentado sobre sus pies cruzados en el diván.

—¿Para qué quieres el opio? —preguntó. Peskarev le refirió su insomnio.

—Bien. Yo te daré el opio que quieres, pero tendrás que dibujarme alguna beldad. Que sea bonita, que tenga las cejas negras y los ojos grandes como las aceitunas y que me dibujes a mi echado a su lado fumando mi pipa. ¿Me oyes? Que sea bonita..., que sea muy bonita.

Peskarev lo prometió todo. El persa salió un instante del aposento y volvió trayendo un tarrito lleno de un líquido oscuro, del que cuidadosamente vertió parte en otro tarrito que entregó a Peskarev diciéndole que no había de emplear más de siete gotas disueltas en agua. Ansioso, cogió aquél el valioso tarrito, que ni por un montón de oro hubiera cambiado, y alocado volvió a su casa. Al llegar a ésta echó unas cuantas gotas en un vaso de agua, las bebió y se echó a dormir.

¡Dios mío! ¡Qué alegría!... ¡Ella!... ¡Otra vez ella! Pero ahora completamente en distinto aspecto. ¡De qué bella manera estaba sentada junto a la ventana de una alegre casita de campo! Su vestimenta respiraba aquella sencillez con que la revistió el pensamiento del poeta. El peinado... ¡Qué sencillo este peinado y qué bien le iba!... Un pequeño pañuelo estaba echado al desgaire sobre su esbelto cuello. Todo en ella era recato, todo revelaba un inexplicable sentido del gusto. ¡Qué grato y gracioso modo de andar el suyo! ¡Cuánta música en el sonido de sus pasos y en el de su sencillo vestido! ¡Qué linda su muñeca oprimida por un brazalete!... Le decía, con una lágrima temblándole en los ojos:

—No me desprecie... No soy la que usted cree... ¡Míreme! ¡Míreme fijamente y dígame!... ¿Puedo ser yo capaz de lo que usted piensa?

—¡Oh!... ¡No, no! ¡El que se atreva a pensarlo...!

Pero en aquel momento se despertó, conmovido, deshecho y con los ojos llenos de lágrimas. "¡Más valiera que no hubieras existido nunca! ¡Que no hubieras pertenecido a este mundo y fueras sólo producto de la inspiración del artista! ¡No me hubiera entonces separado del lienzo, y eternamente te hubiera mirado y te hubiera besado!... ¡Hubiera vivido, hubiera respirado de ti como de un maravilloso ensueño y hubiera sido dichoso! ¡No hubiera tenido otros anhelos! Te hubiera evocado como a un ángel guardián antes del sueño o la vigilia, contemplándote cuando tuviera que expresar algo beatífico. En cambio, ahora..., ¡qué terrible vida!... ¿De qué puede servirme vivir? ¿Acaso la vida de un loco puede ser grata para los parientes y amigos que le quisieron en un tiempo? ¡Dios mío!, ¿qué vida es la nuestra? ¿Una eterna pugna entre el sueño y la realidad?"

Semejantes pensamientos se sucedían en él sin cesar. No pensaba en nada. Apenas comía nada, y sólo con la impaciencia y pasión del amante esperaba la noche y con ella la llegada de la tan deseada aparición. Aquellos pensamientos, siguiendo siempre un mismo curso, llegaron a adquirir tal dominio sobre su ser y su imaginación, que la deseada imagen se le aparecía ya casi cada día y siempre en un aspecto contrario a la realidad; tan límpidos e iguales a los de un niño eran sus pensamientos. A través de aquel ensueño el objeto que le motivaba se hacía más puro, transformándose completamente.

El opio encendía más vivamente sus pensamientos, y no hubo nunca un enamorado hasta un último y mayor grado de locura; uno más impulsivo, terrible, arrollador y rebelde que este pobre infeliz.

Entre todos sus sueños había uno que le alegraba particularmente sobre los otros. Soñaba con su estudio. ¡Se veía en él tan alegre!... ¡Con tanto deleite sostenía la paleta entre las manos!... Ella estaba sentada allí. Era su mujer. Sentada a su lado, apoyaba su codo encantador sobre el respaldo de su silla, observando su trabajo. Sus lánguidos y cansados ojos parecían cargados de dicha. En toda la habitación se respiraba un ambiente de paraíso. ¡Era todo tan claro, tan cómodo! ¡Oh supremo Creador!... Ella inclinaba su maravillosa cabecita sobre su pecho... ¡Nunca había tenido un sueño mejor! Después de él, se levantó más despejado y menos distraído que antes.

En su mente nacían extraños pensamientos. "¡Quién sabe si ha sido empujada al vicio por alguna terrible e involuntaria circunstancia! ¡Quién sabe si su alma se siente inclinada al remordimiento!... Puede que ella misma quiera escapar a su terrible situación... ¿Será posible asistir indiferente a su perdición, cuando bastaría tenderle la mano para sacarla de ella?" Sus pensamientos iban cada vez más lejos. "Nadie me conoce —se decía—. ¿A quién importo yo y quién me importa a mí? Si da pruebas de un claro remordimiento y cambia de vida, me casaré con ella. ¡Debo casarme con ella! Y seguramente haré mejor que otros que se casan con sus amas de llaves y hasta a menudo con las más despreciables criaturas. Mi rasgo, en cambio, sería desinteresado y hasta puede que grande. Devolveré al universo su más maravilloso adorno."

Cuando hubo formado este proyecto sintió que el rubor encendía su rostro. Se acercó al espejo y se asustó de la demacración de sus mejillas y de la palidez de su rostro. Comenzó a vestirse esmeradamente. Se lavó, se peinó, se puso un frac nuevo y un elegante chaleco, se echó una capa sobre los hombros y se lanzó a la calle. Al respirar el aire libre sintió un frescor en el corazón como el convaleciente que sale por primera vez después de una larga enfermedad. El corazón le latía al acercarse a aquella calle que sus pies no habían vuelto a pisar desde el fatal encuentro.

Empleó mucho tiempo en buscar la casa, pues la memoria parecía fallarle. Dos veces pasó por la calle sin saber ante qué casa detenerse. Por fin, en una creyó ver la que buscaba. Subió apresuradamente la escalera y golpeó sobre la puerta, que se abrió y... ¿quién imaginan ustedes que le salió al encuentro? ¡Su ideal! ¡Su imagen misteriosa! ¡El objeto de sus ensueños, al que se sentía tan terriblemente ligado con tanto sufrimiento y a la vez con tanta dulzura!... ¡Ella! ¡Ella misma estaba delante de él!... Temblando, apenas podía sostenerse sobre los pies en su arrebato de alegría: ¡tal era su debilidad!

Estaba tan hermosa como siempre, aunque sus ojos parecían adormecidos y la palidez asomaba a su rostro, que comenzaba a perder algo de su frescura. Sin embargo, seguía siendo hermosa.

—¡Ah!... —exclamó al ver a Peskarev y restregándose los ojos; en aquel momento eran las dos de la tarde—. ¿Por qué huyó usted de nosotras aquel día?

Exhausto, él había caído sentado en una silla y la miraba.

—Acabo de despertarme. Me trajeron a las siete de la mañana. Estaba completamente borracha —añadió con una sonrisa.

¡Oh! ¡Más hubiera valido que fuera muda antes que pronunciar tales palabras!... Como en un panorama, toda la vida de aquella mujer se mostró ante los ojos de él. No obstante, resolvió probar si sus admoniciones eran capaces de ejercer algún efecto. Recobrando el ánimo, con la voz temblorosa y al mismo tiempo llena de pasión, empezó a dibujarse todo el horror de la situación en que la veía. Ella le escuchaba con atención y con aquel sentimiento de asombro que despierta en nosotros lo inesperado y lo extraño. Sonriendo ligeramente, dirigió una mirada a su amiga sentada en un rincón, que, dejando de limpiar el peine que estaba limpiando, se puso también a escuchar con atención al nuevo predicador.

—Es verdad que soy pobre —dijo por último Peska- rey, después de su largo sermón— pero trabajaremos, nos esforzaremos a cuál más en mejorar nuestra vida. Nada hay más grato que debérselo todo a sí mismo. Yo, ocupado con mis pinturas; tú, sentada a mi lado, inspirando mis trabajos, bordarás o te emplearás en otras labores manuales, y no necesitaremos de nada más.

—¿Cómo iba a ser posible eso? —dijo ella, interrumpiendo su discurso y con cierto desprecio—. Yo no soy ninguna costurera o lavandera... para ponerme a trabajar.

¡Dios mío!... ¡Toda aquella vida baja y despreciable, que el ocio y el vacío, los dos fieles compañeros del vicio, ocupaban únicamente, se revelaba en estas palabras!

—¿Por qué no se casa usted conmigo? —Dijo con descaro, de pronto, la amiga, que hasta entonces permanecía callada en un rincón—. Si yo llego a ser su mujer, me pasaré la vida así sentada.

Y diciendo esto, su lastimoso rostro adoptó una necia expresión, que hizo reír mucho a la bella.

¡Oh! ¡Esto ya era demasiado! Para soportarlo no le quedaban fuerzas. Incapaz de pensar ni de sentir ya nada, echó a correr fuera de allí. Su cerebro se turbó. Estúpidamente, sin rumbo determinado, vagó todo el día por las calles. Nadie pudo saber nunca dónde pasó la noche, y sólo a la mañana siguiente el torpe instinto le condujo a su casa, en la que penetró pálido, con terrible aspecto y síntomas de locura en el semblante. Se encerró en su habitación, sin dejar pasar a nadie ni pedir nada. Cuatro días transcurrieron y su cuarto continuaba cerrado; después, una semana, sin que éste se abriera.

Acercáronse las gentes a su puerta, empezaron a llamar a ella, pero sin recibir respuesta; por fin la forzaron, encontrando su cadáver con un tajo en la garganta. Una navaja cubierta de sangre se encontraba en el suelo, mientras que por sus brazos convulsivamente extendidos y el rostro terriblemente contorsionado podía deducirse que su mano no había sido certera y que había sufrido largo tiempo antes de que su alma pecadora abandonara su cuerpo.

Así, pues, pereció, víctima de su loca pasión, el pobre tímido, modesto, infantilmente ingenuo Peskarev, dotado de aquella chispa de talento que quién sabe si algún día se hubiera trocado en brillante llama. Nadie le lloró, nadie estuvo junto a su cadáver en aquella hora, fuera del acostumbrado policía y el indiferente médico municipal. Su ataúd, sin celebración de oficios religiosos, fue llevado a Ojta, y con la única compañía de un viejo guarda, antiguo soldado, quien no cesó de llorar durante el fúnebre acto, y esto porque había bebido demasiado vodka. Ni siquiera el teniente Piragov vino a contemplar el cadáver del infeliz al que en vida dispensara su alta protección. No tenía tiempo para ello en aquel momento, pues se había visto mezclado con un acontecimiento extraordinario. Vamos, pues, a ocuparnos de él.

No me gusta nada todo lo relacionado con los difuntos, y siempre me resulta desagradable contemplar el desfile de un entierro, con su largo cortejo que se atraviesa en el camino, y cómo un soldado inválido, vestido de capuchino, se ve obligado a tomar rapé con la mano izquierda, porque lleva la derecha ocupada en sujetar un hachón. La vista de una rica carroza fúnebre, con su ataúd de terciopelo, causa siempre enojo en mi alma, mientras que la caja rota y desnuda de un pobre diablo, tras la que se arrastra una mendiga que no tenía mejor cosa que hacer y que se cruzó con él en la calle, me produce, en cambio, una mezcla de enojo y compasión.

Me parece recordar que abandonamos al teniente Piragov en el momento en que se separaba del desdichado Peskarev, apresurándose tras la rubia. Era esta rubia una criaturita ligera y bastante atractiva. Se detenía ante todas las tiendas, miraba los cinturones, pañuelos, pendientes, guantes y demás chucherías, moviéndose sin cesar, mirando en todas direcciones y volviendo la cabeza hacia atrás. "Bien, bien..., palomita mía", decía con aire satisfecho de sí mismo Piragov, prosiguiendo su persecución y ocultando el rostro bajo el embozo del capote, por si encontraba a alguno de sus conocidos. No estará de más, sin embargo, dar a conocer a los lectores quién era el teniente Piragov.

Antes de decirlo, convendría también ocuparnos un poco de la sociedad a que éste pertenecía. Hay algunos oficiales en Petersburgo que constituyen una cierta clase media de la ciudad. En la comida ofrecida por un consejero que después de cuarenta años de servicios obtuvo su categoría, encontrará usted siempre a uno de ellos. Entre unas cuantas pálidas (y tan descoloridas como Petersburgo) hijas de familia, de las cuales algunas alcanzaron una excesiva madurez; junto a la mesita de té, el piano y en medio de los bailes familiares, inseparables de todo esto, verá usted brillar a la luz de la lámpara, entre la rubia formalita, su hermanito o el amigo de la casa, las inevitables charreteras. No es empresa fácil divertir ni hacer reír a estas señoritas de sangre fría, y es preciso para ello disponer de mucho arte o, mejor dicho, no tener ninguno. Es necesario hablar de una manera que no sea ni demasiado inteligente ni demasiado chistosa y que todo esté impregnado de aquella mezquindad que tanto gusta a las mujeres.

En su habilidad para ejercitar este arte, hay que hacer justicia a dichos señores oficiales. Estos tienen el don especial de saber hacer reír y de saber escuchar a estas bellas descoloridas. Exclamaciones ahogadas en risa, semejantes a éstas: "¡Ah!...

¡Cállese ya!... ¿No le da vergüenza hacer reír de esa manera?...", suelen ser para ellos la mejor recompensa.

En la alta sociedad no se los ve con frecuencia; mejor dicho, no se los ve nunca. Son arrojados de ella por los llamados aristócratas. Sin embargo, se los considera gente erudita y bien educada. Les agrada charlar de literatura, alaban a Bulgarin, Pushkin y Grech y hablan con desprecio y de manera punzante de A.A. Orlov. No dejan pasar ninguna conferencia sin asistir a ella, aunque ésta verse sobre la contabilidad o sobre selvicultura. En el teatro, sea cual sea la obra, verá usted siempre a alguno de ellos, a no ser que la obra representada sea *Filatki* o cualquier otra de este género, que tanto ofende a su refinado gusto. En el teatro se pasan la vida. Son el público más ventajoso para las empresas teatrales. De una obra les agradan especialmente los buenos versos; también les complace llamar a escena con fuerte voz a los artistas. Muchos de ellos, por tener un empleo de profesor en una institución del Estado o por preparar a los alumnos para una de esas instituciones, llegan a poseer un coche y un tronco de caballos. Su círculo entonces se amplía y consiguen por fin hasta casarse con la hija de un comerciante, que sabe tocar el piano y que tiene cien mil (o cerca de cien mil) rublos de dote y un montón de parientes barbudos. Sin embargo, a este honor no pueden aspirar hasta alcanzar por lo menos el grado de coronel, porque aquellos barbudos, aunque todavía olieran a coles, no querrían de ninguna manera casar sus hijas más que con generales o por lo menos con coroneles.

Éstos son los principales rasgos que caracterizaban a dichos jóvenes. El teniente Piragov, sin embargo, tenía una serie de habilidades de su propiedad particular. Sabía declamar de excelente manera los versos de *Dimitri Donskoi* y de *Gore ot Uma*, tenía un arte especial para extraer sortijillas de humo de su pipa (logrando formar hasta diez, las unas dentro de las otras), contaba con mucha gracia la anécdota del cañón y el rinoceronte. En suma, resulta bastante difícil enumerar todas las facultades con que el destino había dotado a Piragov. Gustaba de opinar sobre alguna actriz o bailarina, pero no con el tono rotundo con que suele hacerlo un joven alférez. Se sentía contento de su graduación, a la que sólo hacía poco tiempo ascendiera, aunque a veces, tendido en el diván, solía repetirse: "Todo son vanidades... ¿Qué importa que yo sea teniente?" Sin embargo, interiormente le halagaba aquella distinción.

En las conversaciones solía aludir a su graduación, y una vez, habiendo encontrado en la calle a un escribano del ejército que le pareció descortés, detuvo a éste y en pocas, pero enérgicas palabras, le hizo entender que ante él estaba un teniente y no un oficial cualquiera. Se sentía además especialmente elocuente, pues en ese momento pasaban delante de él dos señoras bastante agraciadas. Por lo general, Piragov aparentaba sentir pasión por todo lo que fuera fino, y protegía al pintor Peskarev, aunque esto tal vez ocurriera porque sentía grandes deseos de ver reproducida sobre un lienzo su vigorosa fisonomía. Pero ya hemos hablado bastante de las cualidades de Piragov. El hombre es una criatura tan portentosa, que resulta imposible enumerar todas sus cualidades, pues cuanto más considera uno éstas, más aparecen otras nuevas, por lo que la descripción de todas ellas sería interminable.

Así, pues, dijimos que Piragov continuaba su persecución de la desconocida, dirigiéndole de cuando en cuando alguna pregunta, a la que ella contestaba brevemente y con sonidos poco articulados.

Después de atravesar la puerta de Kasañ salieron a la calle Meschanskaia, calle de los estancos, de las tiendas de ultramarinos, de los artesanos alemanes y de las ninfas prebálticas. La rubia apresuró el paso y entró volando por la puerta de una casa bastante sucia. Piragov la siguió. Ella subió corriendo la estrecha y oscura escalera y se adentró por una puerta, por la que también Piragov penetró valientemente. Encontrose en una gran habitación de negras paredes, cuyo techo estaba sucio de hollín. Un montón de tornillos de hierro e instrumentos del mismo metal —relucientes cafeteras y palmatorias— estaba encima de la mesa. El suelo aparecía sembrado de virutas de cobre y de hierro. Piragov comprendió en el acto que aquélla era la casa de un artesano. La desconocida se metió por una puerta lateral. Piragov dudó un momento sobre lo que debía hacer; pero luego, siguiendo las reglas rusas, decidió seguir adelante. Entró en una segunda habitación, que no se parecía en nada a la primera y en la que reinaba cierto aseo, por lo que comprendió que su dueño era un alemán. Después, la vista de algo particularmente extraño le dejó asombrado.

Ante él estaba sentado Schiller. No aquel Schiller que escribió *Guillermo Tell* y la *Historia de la guerra de los Treinta Años,* sino el célebre Schiller, maestro forjador de la calle Meschanskaia. Junto a Schiller estaba, en pie, Hoffmann. No el escritor Hoffmann, sino el hábil zapatero de la calle Ofitzerskaia, gran amigo de Schiller. Éste, borracho, estaba sentado en una silla, golpeando el suelo con el pie y diciendo algo apasionado. Quizá esto solo no hubiera bastado a asombrar a Piragov; pero lo que sí le extrañó sumamente fue la posición singular de las figuras.

Schiller, sentado y alzando la cabeza, levantaba su asaz gruesa nariz, mientras Hoffmann sujetaba ésta con dos de sus dedos y daba vueltas sobre su superficie, con la mano, a una cuchilla de zapatero. Ambos hablaban en alemán, por lo que el teniente Piragov, que únicamente sabía decir en esta lengua *guten Morgen,* no podía comprender de lo que se trataba. En realidad, las palabras de Schiller eran las siguientes:

—¡No la quiero! ¡No necesito para nada la nariz! —decía gesticulando—. Sólo la nariz me hace gastar tres libras de tabaco al mes... ¡Por cada libra tengo que pagar 40 kopeks en una mala tienda rusa..., porque en la alemana no tienen tabaco ruso!... ¡Los pago!... Eso hace un rublo y 20 kopeks... ¡Al año..., 14 rublos y 40 kopeks! ¿Lo estás oyendo, amigo Hoffmann?...

¡Sólo la nariz me cuesta 14 rublos 40 kopeks!... Además, añade que los días de fiesta tomo rapé, porque esos días no quiero tabaco ruso malo. Me tomo al año 2 libras de rapé, que me cuestan 2 rublos cada una. Seis..., más 14..., son 20 rublos 40 kopeks... ¡Sólo en tabaco! ¿Es o no es un robo, te pregunto yo, amigo Hoffmann? ¿No es verdad?... —Hoffmann, también borracho, le contestaba afirmativamente—. ¡20 rublos y 40 kopeks!... ¡Soy alemán!... ¡Tengo un rey en Alemania!... ¡Yo no quiero mi nariz! ¡Córtamela! ¡Toma mi nariz!

Es indudable que sin la aparición del teniente Piragov, Hoffmann se la hubiera cortado, en efecto, sin más ni más, pues ya tenía cogida la cuchilla de la manera que se suele coger ésta cuando se dispone uno a cortar una suela. El que un desconocido, una persona extraña, viniera de pronto a molestarles, produjo gran enojo a Schiller. A pesar de encontrarse bajo los vapores de la cerveza y del vino, sentía la inconveniencia de mostrarse en aquel estado y ocupado en tal operación ante un testigo. Mientras tanto, Piragov, inclinándose ligeramente, según su grata manera, dijo:

—Perdóneme...

—¡Fuera! —gritó Schiller, prolongando las sílabas.

Esto dejó perplejo al teniente Piragov. Tal conducta era completamente nueva para él. La sonrisa que empezaba a dibujarse en su rostro desapareció de repente. Con una expresión de dignidad afligida, dijo:

—Me parece esto extraño, señor mío... Seguramente no se ha fijado usted en que soy oficial...

—Y ¡qué importa que sea usted oficial! ¡Yo soy alemán de Suabia! También yo seré oficial alguna vez. Año y medio de *junker,* dos de teniente... Como quien dice, mañana seré oficial.

¡Pero no quiero servir! ¡A un oficial le hago yo así!

Diciendo esto, Schiller sopló la palma de su mano. El teniente Piragov comprendió que no le quedaba otra cosa que hacer más que marcharse. Esto, sin embargo, no se avenía con su rango y le resultaba desagradable. Mientras bajaba se detuvo varias veces en la escalera, como queriendo recobrar el ánimo y pensar en la manera de hacer sentir a Schiller su atrevimiento. Decidió que se le podía perdonar, porque tenía la cabeza llena de cerveza y porque, además, su imaginación seguía ocupada en la bonita rubia, en vista de lo cual resolvió dar al olvido el asunto.

Al día siguiente, muy de mañana, el teniente Piragov se presentó en la forja del maestro. En la primera habitación le salió al encuentro la linda rubia, que con una voz bastante severa, que iba muy bien a su carita, le preguntó:

—¿Qué desea usted?

—¡Hola, guapita! ¿No me reconoce, picaruela? ¡Qué ojos tan bonitos!...

Y diciendo esto, el teniente Piragov inventó de graciosa manera levantarle la barbilla.

Pero la rubia, asustada, lanzó una exclamación, y con la misma severidad volvió a preguntarle:

—¿Qué desea usted?

—Verla nada más —dijo el teniente Piragov, sonriendo agradablemente y acercándose más a ella; pero observando que la asustadiza rubia intentaba deslizarse por la puerta, añadió—: Necesito, monina, encargarme un par de espuelas. ¿Podría usted hacérmelas? Aunque el que la quiera, más que espuelas necesitaría riendas. ¡Qué manitas tan lindas!

El teniente Piragov era siempre sumamente amable en esta clase de conversación.

—Voy a llamar en seguida a mi marido —exclamó la alemana.

Se fue, y a los pocos minutos el teniente Piragov vio aparecer a Schiller, con ojos adormilados y apenas recobrado de su borrachera de la víspera. Al mirar al oficial recordó como un sueño embrumado los acontecimientos del día anterior. No se acordaba de nada determinado, pero tenía el sentimiento de haber hecho alguna tontería, lo cual le hizo recibir al oficial con aire severo.

—Por un par de espuelas no puedo llevar menos de quince rublos —dijo, deseando deshacerse de Piragov, pues como honrado alemán le daba vergüenza encontrarse ante quien le viera en situación inconveniente.

A Schiller le gustaba beber sin testigos, sólo en compañía de dos o tres amigos, y durante este tiempo se ocultaba a los ojos de todos, incluso de sus empleados.

—¿Por qué tan caro? —dijo Piragov, con cariñoso acento.

—Es un trabajo alemán —contestó Schiller con sangre fría, acariciándose la barbilla—. Un ruso llevaría por ello dos rublos.

—Muy bien. Para demostrarle que me inspira usted afecto y que deseo llegar a conocerle, le pagaré quince rublos.

Schiller quedose parado un momento, reflexionando. En su calidad de honrado alemán, sentía vergüenza. Deseando declinar el encargo, declaró que antes de dos semanas no podría hacerlas. Pero Piragov, sin discusión alguna, manifestó su conformidad.

El alemán, pensativo, empezó a meditar sobre cómo efectuar el trabajo para que éste valiera, en efecto, quince rublos. En este momento la rubia penetró en la forja, poniéndose a buscar algo en la mesa llena de cafeteras. El teniente, aprovechando la meditación de Schiller, se acercó a ella y estrechó su brazo desnudo hasta el mismo hombro. Esto no gustó en absoluto a Schiller.

—*Meine Frau!* —gritó.

—*Was wollen Sie doch?* —contestó la rubia.

—*Gehen Sie* a la cocina! La rubia se retiró.

—Entonces, ¿dentro de dos semanas? —preguntó Piragov.

—Sí... Dentro de dos semanas —contestó pensativo Schiller—. Ahora tengo mucho trabajo.

—Adiós. Ya vendré a verle.

—Adiós —contestó Schiller, cerrando la puerta tras él. El teniente Piragov decidió no abandonar su empresa, a pesar de que la alemana le había dado pocas alas. No podía comprender cómo se le podía rechazar, cuando su amabilidad y brillante rango le hacían acreedor a toda clase de atenciones. Hay que decir también que la mujer de Schiller, a pesar de su grato exterior, era muy tonta. La tontería, por otra parte, constituye el encanto principal de una esposa guapa; yo, por lo menos, he conocido a muchos maridos que se sienten encantados de la estupidez de sus mujeres y ven en ellas todos los síntomas de una ingenuidad infantil. La belleza hace en este punto verdaderos milagros.

Todos los defectos morales en una bella, en lugar de producir repugnancia, se tornan extraordinariamente atrayentes; el vicio mismo se respira en ellas con agrado; desaparece, en cambio, la belleza, y necesita una mujer ser por lo menos veinte veces más inteligente que el hombre para inspirarle, si no amor, por lo menos estimación. La mujer de Schiller, a pesar de su estupidez, era siempre fiel a su deber, y por ello había de ser bastante difícil a Piragov conseguir éxito en su atrevida empresa; empero, al vencimiento de los obstáculos va siempre unido un goce, y la rubia se le hacía cada día más interesante. Comenzó a venir con bastante frecuencia a preguntar por sus espuelas, cosa que acabó aburriendo a Schiller, hasta el punto de que empleó todos sus esfuerzos para terminarlas cuanto antes. Por fin quedaron hechas.

—¡Qué magnífico trabajo! —exclamó el teniente Piragov al ver las espuelas—. ¡Dios mío! ¡Qué bien hechas están! ¡Ni siquiera nuestro general tiene unas iguales!

Un sentimiento de satisfacción floreció en el alma de Schiller. Sus ojos adquirieron una expresión de alegría e hizo las paces con Piragov. "El oficial ruso es un hombre inteligente", pensó para sí.

—Entonces, ¿podría usted hacer también una empuñadura a un puñal o a cualquier otro objeto?

—¡Oh! ¡Claro que puedo! —dijo Schiller con una sonrisa.

—Pues entonces hágame una empuñadura a un puñal. Tengo uno turco muy bueno, al que quisiera cambiársela.

Esto fue como una bomba para Schiller. Su frente se frunció de repente. "Ahora esto...", pensó para sí, reprochándose el haber sido el causante de que le encargaran un nuevo trabajo. Rehusar le parecía una falta de honradez, y además el oficial ruso había alabado su trabajo. Movió ligeramente la cabeza, expresando su conformidad; pero el beso que Piragov al marcharse depositó con descaro en los mismos labios de la linda rubia le sumergió en el mayor asombro.

No considero superfluo hacer conocer al lector más estrechamente a Schiller. Era éste un verdadero alemán, en todo el sentido de la palabra. Ya a los veinte años, en aquella dichosa edad en que el ruso vive como le viene en gana, había Schiller organizado su vida entera sin apartarse en ningún momento de aquel modo de vivir. Decidió levantarse a las siete de la mañana, comer a las dos, ser exacto en todo y emborracharse cada domingo. Decidió en el transcurso de diez años hacerse un capital de 50 000 rublos, y su decisión era tan firme y tan invencible como el destino mismo. Antes podría olvidarse un funcionario de dar la consabida vuelta por la portería de su superior, que un alemán faltar a su palabra.

En ningún caso aumentaba sus gastos, y si el precio de las patatas era más alto de lo corriente, no añadía para su compra ni una sola kopeka, sino que reducía su cantidad, y aunque se quedaba a veces un poco hambriento, llegaba a acostumbrarse. Su exactitud se extendió hasta el punto de decidir no besar a su mujer más de dos veces en veinticuatro horas, y para no hacerlo ni una sola vez más no tomaba más que una cucharadita de pimienta en la sopa, aunque hay que decir que el domingo esta regla no se ejecutaba tan severamente, porque Schiller aquel día se bebía dos botellas de cerveza y una de vodka con cominos, que, sin embargo, solía ser objeto de su censura. Su manera de beber no era igual a la de un inglés, que en cuanto acaba de comer cierra la puerta con pestillo y se emborracha solo. Él, por el contrario, como buen alemán, bebía con inspiración; unas veces con el zapatero Hoffmann y otras con el carpintero Kuntz, también alemán y gran borracho. Así era, pues, el carácter del distinguido Schiller, que por esta vez se veía en una situación excesivamente difícil. A pesar de ser flemático y alemán, el proceder de Piragov despertaba en él algo semejante a los celos. No obstante, movía la cabeza y no podía encontrar la manera de deshacerse de aquel oficial ruso. Mientras tanto, Piragov, fumando su pipa en el círculo de sus amigos (porque quiere el destino que donde haya oficiales haya pipas), hacía alusiones significativas, envueltas en grata sonrisa, sobre la aventura respecto de la bonita alemana, con la cual, según sus palabras, tenía ya mucha amistad, aunque en realidad casi había perdido ya toda esperanza de inclinarla a su favor.

Un día, mientras paseaba por la calle Meschanskaia mirando a la casa sobre la que destacaba hermosamente el anuncio de Schiller, en el que aparecían cafeteras y algún *samovar*, percibió con la mayor alegría la cabecita de la rubia, que se inclinaba por la ventana para mirar a los transeúntes. La saludó con la mano y dijo:

—*Guten Morgen*.

La rubia le saludó a su vez como a un conocido.

—Qué, ¿está en casa su marido?

—Sí; está en casa —contestó la rubia.

—Y ¿cuándo no está en casa?

—Los domingos no está en casa —dijo la tontita rubia.

"Bien —pensó para sí Piragov—. Hay que aprovechar esto."

Al domingo siguiente, como un aguacero inesperado, apareció ante la rubia. Schiller no estaba, en efecto, en casa. La linda dueña se asustó; pero Piragov, procediendo esta vez con mucho cuidado, la trató con gran respeto y mostró al saludarla toda la arrogancia de su esbelto talle. Bromeó agradablemente y con gran consideración; pero la tontita alemana le contestaba de una manera lacónica. Al cabo, y viendo que nada podía divertirla, le propuso bailar. La alemana se mostró conforme al momento, pues a todas las alemanas les agrada mucho bailar.

Piragov basaba mucho en esto sus esperanzas; primeramente, porque le gustaría; segundo, porque le daría ocasión de lucir su silueta y su habilidad, y tercero, porque bailando podía uno aproximarse más, abrazar a la bonita alemana y empezar su conquista. En una palabra, en esto radicaría su éxito.

Comenzó por una gavota, sabiendo que con las alemanas hay que emplear cierta graduación. Ella se colocó en el centro de la habitación y alzó el maravilloso piececito. Tal actitud admiró tanto a Piragov, que se apresuró a besarla. La alemana se puso a gritar, lo que la hizo aún más encantadora a los ojos de Piragov, que la cubrió de besos. De repente, la puerta se abrió y por ella entró Schiller, acompañado de Hoffmann y el carpintero Kuntz. Todos estos dignos artesanos estaban borrachos como cubas.

Dejo a mis lectores juzgar del frenesí y la indignación que se apoderaron de Schiller.

—¡Bruto! —gritaba, presa de la mayor furia—. ¿Cómo te atreves a besar a mi mujer? ¡Eres un canalla y no un oficial ruso!

¡Qué diablos, amigo Hoffmann! ¡Yo soy alemán, por fortuna, y no un cochino ruso! ¡Oh!... ¡No consiento que me engañe mi mujer! ¡Agárrale por el cuello, amigo Hoffmann!... ¡No lo consiento! —prosiguió, gesticulando mientras su cara se semejaba al paño rojo de su chaleco—. ¡Ocho años hace que vivo en Petersburgo! ¡En Suabia vive mi madre, y mi tío en Nüremberg! ¡Soy alemán! ¡Desnudadle! ¡Amigo Hoffmann, amigo Kuntz!... ¡Cogedle por los pies y por las manos!

Y los alemanes cogieron por los pies y por las manos a Piragov. En vano se esforzaba éste por luchar. Aquellos tres artesanos eran los más robustos de todos los alemanes de Petersburgo. Se portaron con él de una manera tan brutal y tan descortés, que confieso no puedo encontrar palabras capaces de describir el triste acontecimiento.

Estoy seguro de que al día siguiente Schiller, presa de una fuerte fiebre, temblaría como la hoja del árbol, esperando la llegada de la policía, como también estoy seguro de que hubiera dado todo lo indecible porque lo ocurrido la víspera hubiera sido un sueño. Sin embargo, esto ya no tenía remedio. En cuanto al enfado e indignación de Piragov..., nada había que pudiera comparárseles. La idea sólo de tan terrible ofensa le producía frenesí. Consideraba a Siberia y a todos los látigos como el ínfimo castigo para Schiller. Marchó corriendo a su casa para desde allí, después de vestirse, dirigirse directamente al general y describirle con los más vivos colores la furia de los artesanos alemanes. También se proponía presentar una queja al Estado Mayor, pensando también en elevar ésta aún más alto si el castigo infligido era pequeño.

No obstante, todo aquello terminó de una manera extraña: durante el camino entró en una confitería, en la que se comió dos hojaldres; leyó alguna cosa en el diario *Abeja del Norte* y salió de allí más aliviado del enfado. Además, la tarde, fresca y agradable, le invitó a dar un paseo por la perspectiva Nevski.

Hacia las nueve, y habiéndose ya tranquilizado, empezó a encontrar incorrecto el molestar al general en un domingo, pensando también que estaría ausente. Por tanto, se dirigió a una reunión que celebraba en su casa el jefe del Colegio de Inspectores, a la que acudía una sociedad muy agradable compuesta de funcionarios y oficiales. Pasó con gran gusto la velada, distinguiéndose de tal manera al bailar la mazurka, que maravilló no solamente a las damas, sino también a los caballeros.

"¡Qué mundo tan extraño el nuestro!", pensaba yo cuando pasaba hace tres días por la perspectiva Nevski, acordándome de estos acontecimientos. ¡De qué modo tan singular, tan incomprensible, juega con nosotros el destino!... ¿Conseguimos alguna vez lo que deseamos? ¿Alcanzamos aquello para lo que están dispuestas nuestras fuerzas?

Todo ocurre, por el contrario, al revés. Al uno otorgó la suerte maravillosos caballos y pasea con ellos indiferente, sin reparar en su belleza, mientras que otro, cuyo corazón arde de pasión por los caballos, camina a pie y se satisface tan sólo chascando la lengua cuando delante de él pasa un buen trotador. Aquél dispone de un magnífico

cocinero; pero, desgraciadamente, su boca es tan pequeña que no puede pasar por ella más de dos pedacitos; otro
la tiene, en cambio, del tamaño del arco del edificio del
Estado Mayor y ha de contentarse con comida alemana
hecha a base de patata. ¡De qué extraña manera juega con
nosotros el destino! Pero lo más singular de todo esto son
los sucesos que ocurren en la perspectiva Nevski. ¡Oh!...
¡No crea usted en la perspectiva Nevski! Yo, cuando paso
por ella, me envuelvo más fuertemente en mi capa y me
esfuerzo en no mirar nada de lo que me sale al encuentro.
¡Todo es engaño!

¡Todo es ensueño! ¡Todo es otra cosa de lo que parece!

Imagina usted que el señor que pasea vestido de levita tan maravillosamente hecha es muy rico... Pues nada
de eso. Ese señor se compone sólo de su levita. Usted
imagina que aquellas dos gordinflonas detenidas ante
una iglesia están apreciando su arquitectura... Nada de
eso. Hablan de la manera extraña con que dos cuervos se
sentaron uno frente a otro. A usted se le figura que aquel
entusiasta que gesticula está contando cómo su mujer
tiró por la ventana una bolita a un oficial desconocido...,
cuando de lo que está hablando es de La Fayette. Piensa
usted que estas damas... Pero a las damas créalas usted lo
menos posible. Contemple lo menos posible los escaparates de las tiendas. Las bagatelas expuestas en ellas son
maravillosas, pero huelen a enorme cantidad de dinero...,
y, sobre todo..., ¡Dios le guarde de mirar bajo los sombreritos de las damas!... Aunque a lo lejos vuele, atrayente,

la capa de una bella..., por nada del mundo iré en pos de ésta a curiosear. Lejos..., por amor de Dios..., ¡más lejos del farol! Pase usted muy de prisa, lo más de prisa que pueda, delante de él. Tendrá usted suerte si lo único que le ocurre es que le caiga una mancha de aceite maloliente sobre su elegante levita. Pero no es sólo el farol lo que respira engaño.

En todo momento miente la perspectiva Nevski; pero miente sobre todo cuando la noche la abraza con su masa espesa, separando las pálidas y desvaídas paredes de las casas, cuando toda la ciudad se hace trueno y resplandor, y minadas de carruajes pasan por los puentes, gritan los postillones saltando sobre los caballos y el mismo demonio enciende las lámparas con el único objeto de mostrarlo todo bajo un falso aspecto.

Tres cuentos, de Nikolai Gógol, fue impreso en marzo de 2022, en Impre-
imagen, José María Morelos y Pavón, manzana 5, lote 1, Colonia Nicolás
Bravo, CP 55296, Ecatepec, Estado de México.

Buque de letras